悦己者 自成山海

胡逢春／著

文化发展出版社
Cultural Development Press
·北 京·

图书在版编目（CIP）数据

悦己者自成山海 / 胡逢春著. -- 北京 : 文化发展出版社, 2025. 7. -- ISBN 978-7-5142-4699-5

Ⅰ. I267.1

中国国家版本馆CIP数据核字第20258L0U46号

悦己者自成山海

著　　者：胡逢春

责任编辑：肖润征　　责任印制：杨　骏
策划编辑：胡　峰　刘　丽　　责任校对：岳智勇　马　瑶
封面设计：于沧海
出版发行：文化发展出版社（北京市翠微路2号　邮编：100036）
网　　址：www.wenhuafazhan.com
经　　销：全国新华书店
印　　刷：天津鑫旭阳印刷有限公司

开　　本：880mm×1230mm　1/32
字　　数：130千字
印　　张：8
版　　次：2025年7月第1版
印　　次：2025年7月第1次印刷

定　　价：49.80元
I S B N：978-7-5142-4699-5

辑一 对世界永远心怀期待

辑二 爱自己是终身浪漫的开始

辑三 你想活出怎样的人生

辑四 热爱是所有的理由和答案

辑五　活在自己喜欢的状态里

辑一

对世界永远心怀期待

当我不那么期待去爱的时候，爱反而出现在我的面前。

当我不那么期待遇见的时候，世界献给了我一座花园。

我要不停地走在风景中，直到自己融入其中。

一边走一边
重新理解世界

刚刚开始工作的时候，有一次和同事讨论如何用英文表达得更精准。

一位同事说道：“美国人把travel（旅行）和tour（旅游）分得非常清楚，如果把他们的旅行或者出差说成tour，他们会觉得你在侮辱人。”

虽然那个时候我对这两个单词的差异还不那么了然，但自那一刻起，我就对旅行和旅游的区别分外敏感。

大半生里，我到过20多个国家，护照因为签证页用完而更换了六七本。细数起来，真正属于旅行的次数却几乎没有，唯一一次称得上旅行的，是2013年到2014年的跨年，我跟随公益组织去甘南藏区的一所孤儿学校，看望那些失去父母至亲，而被学校收养的孩子。

出发前，主办方就提醒我们可能无法每天洗澡，对食物的要求也不能太高。因为甘南藏区海拔高，又逢冬天，气候干燥寒冷，需要做好保暖措施。

为此，我购买了高蛋白的零食以备不时之需，又添置了专业的户外防寒服装和雪地靴。那双奶白色的雪地靴由于太过保暖，在上海完全用不上，只穿一次便闲置了，令我每次看到这双鞋就觉得当年的自己实在是虚荣、软弱得可笑，这和讽刺电影里穿高跟鞋、小洋装下地干活的形象没有什么两样，唉！

第一站降落在兰州，一下飞机便可以闻到空气当中一氧化碳的味道。一氧化碳其实并没有气味，但我始终执着地认为，那种有些呛人、有些烟熏感、有些颗粒感的气味，就是一氧化碳—— 一种可怕的、有害的味道。不同于东北的冰天雪地，这里的严寒像一把小刀，丝丝缕缕地切割着你的皮肤。冷、锐利，但仍能轻松地呼吸，没有那种铺天盖地的无处躲藏的包裹感。地面有些上冻，随处可以看到一小片一小片的冰：那可能是人吐的一口痰，也可能是动物撒尿留下的水渍。黄河并没有上冻，缓慢地流淌着。那黄色的水流让我察觉到了生命的迹象。

让我惊喜的是兰州的美食。随意挑一家街边的拉面馆，都能让你吃得心满意足——清澈见底的滚热的汤，面条从毛细到宽扁，有9个规格可以选择。

最为壮观的是出面档口前的一长排调料，勾人食欲，看着就让人垂涎欲滴。面汤里的萝卜晶莹剔透，咬上去还略有些脆口，却又是酥软的，毫不费牙。萝卜吸收了牛肉的汤汁，异常鲜美，已经完全不是萝卜原来的味道了。我一直认为萝卜是种非常神奇的食材，它放到哪里便吸收了哪里的味道，和肉在一起它便会有肉味，且变得比肉更讨人喜欢。

吃面的男女老少一个个都神情专注，一筷子接着一筷子地吸溜，不一会儿就额头冒汗。热腾腾的蒸汽升腾在鼻子前，鼻尖也开始冒汗，鼻涕差一点滴下来。一碗面嘣完，吃饱的人双肩会略略往后一沉，叹出一口气，仿佛是累了，想歇一会儿。稍微坐一坐，便咂摸着嘴起身，把座位让给下一位顾客，缓缓走出店堂，撩开暖帘的一瞬间，一小团冷气立刻钻了进来，让里面的人感到一瞬间的神清气爽。

全中国最大的餐饮连锁，论销售额当数中国百胜餐饮集团，年销售收入超过800亿元。论门店数量，排名第一的当数“正新鸡排”，其拥有超过两万家门店。这两个都是“名门正派”，而餐饮江湖的一个隐形冠军当数来自福建的“沙县小吃”，另一个便是有中国拉面代表作之称的“兰州拉面”。

几年前，在资本的推动下有几个金贵的兰州拉面品牌迅速崛起，又在两年左右的时间里纷纷衰落，无法继续扩张。地方小吃的魅力在于活色生香，一个地方有一个地方的风味和情趣。一旦把地方小吃做得规规矩矩的，它便失去了生命力，于是就会沦为失去了内在活力的工业品，变成潦草解决饥饿的一顿速食。

兰州拉面品牌的衰落，很难归因于“操盘手”，与品牌力、营销力、运营力都没有多大关系，这是人类对食物天然的情绪反应。吃这件事情，在温饱得到基本满足后就已经脱离了食物本身，而承载了更多的情绪和文化诉求。如20世纪80年代后期，肯德基、麦当劳进入中国时，其身份是“来自美国的食品”。这个标签让生活水平刚刚得到提升、开始对外部世界感到好奇的中国消费者争先恐后地前去品尝。

时至今日，外来文化依旧可以带来新鲜感，但不再拥有天然的文化优势。相反，中餐出海近两年来开始日益火爆起来。墨尔本市中心的街铺至少有一半的中国品牌：喜茶、蜜雪冰城、大龙燚……这几日最热门的就是霸王茶姬了，全球拥有4500家门店，霸王茶姬2024年全年营业收入124.05亿元人民币，截至2024年年底全球门店数6440家。“90后”创始人更是打出了“以中国茶，会世界友”的口号，把中国饮食文化对外输出推到了一个新的高度。

Z世代（通常指1995—2009年出生的一代人）的中国消费者，眼界更为宽阔，对外来事物不再盲目仰视，想要获得他们的青睐，就必须在品质和技术上有独特的优势，或者在文化和情绪上激起共鸣。

地方小吃提供了文化上的多样性，要想走向全国，就要重点进行文化输出，强烈的地域特色比抹去个性的标准化、工业化更容易获得好感。地方美食出省也好，出海也罢，能够尽量靠近原本的状态，做到八九分像，就已经十分了不起了。

从兰州坐车6小时，前往夏河县的孤儿学校。校长是一位还俗的僧人，个头矮矮的，面色黝黑，带着藏族人特有的高原红和暖洋洋的笑容。见到我，还没开口说话就先双手合十施礼。他自小在拉卜楞寺修行，还俗后在孤儿学校担任校长，一干就是10多年。这所孤儿学校的孩子并不似想象中那样满脸凄苦，反而个个大方自信。一起跳锅庄舞的时候，孩子们边唱边跳，嗓音有的高亢明亮，有的婉转低沉。尽管并非个个都唱得悦耳动听，但每一个人都很放得开。

我为这些孩子带来了装满一整个30寸行李箱的大白兔奶糖。孩子们接受礼物的时候也颇为坦然，毫不掩饰地表达了对糖果的喜爱，全无电视上常看到的羞涩、回避和克制。

我曾经的一位同事给我讲过她自己的故事。她的故乡在安徽山区的一个贫困县，家里姊妹4个，生活拮据。尽管如此，她的父母仍极力供养她们姐妹四人上学，她也从未感到贫穷和匮乏，直到有一天，村里来了一群“公益者”。他们捐赠物资，奉献爱心，她获赠了一件质地厚实的绿色毛衣，这是她从未见过的好东西。在那一刻，她突然意识到自家的穷困，才开始有“我们是穷人”的意识。

女孩长得有点漂亮，很刻苦，很努力，很想出人头地，只是认知水平和工作能力都比较一般，在高手如林的大外企里，显得没那么起眼。可能因为太想出人头地了，她始终处于和他人竞争的状态，设立了一些“假想敌”，也许她觉得只要超过了某位同事，就能获得更高的职位和更优厚的薪水。

她常觉得自己未被公平对待，因为没有得到晋升就攻击直属经理。她给更高级别的主管写信、写邮件，点评一周来这位领导的工作得失，给领导提一些在我们看来毫无价值的建议，直言她可以取代自己直属领导的位置，并预计在两年内坐上这位高级别主管的位子。这样的邮件每周按时送达，让当年的主管不胜其烦。尽管如此，主管仍保持中立和善良，总是抽出一些时间来和她谈话，希望她对自己有个客观的认知，劝告她不要对个人成长操之过急。然而，这些都被她视为贬低和忽视。终于有一天，公司来了一位赏识她、愿意给她“机会”的领导。于是，不出所有人的预料，她迅速成为公司的“红人”，迅速升职，迅速开上了奔驰车，又迅速地离开了公司。她终是太着急，以致走错了路。

那件绿色的毛衣，那个贫穷的记号是否影响了她的人生选择？我其实知道，一定是有的。

我不禁在想，当我们满怀热忱去帮助那些生而不幸或者遭遇困难的人时，可曾想过我们给予的是不是他们真正想要的？我们的“善举”、我们的“财物”对他们到底有着怎样的影响？我们急不可耐地想把自己的爱心播撒出去，却很少反思：我们究竟是在成就自己还是在成就对方？

孤儿学校的孩子和我们这群人中的几个相熟，见面时相互给了个大大的熊抱。过了一会儿，久别所产生的疏离感渐渐消散，我们相互做些小小的恶作剧取乐。这一切让我心生欢喜，于是和这家公益机构的创始人成了一辈子的好朋友。

虽然我的这位朋友在全职公益10年之后选择回归

商业，但他的引领让我从此开始不间断地为社会做些力所能及的事情，通过热心公益的个人和专门的机构去资助那些愿意读书但家庭无力负担的女孩们完成义务教育。给予任何物质上的帮助都不如为她的脚下垫上一块砖，让她能够站得更高，能够看到更广阔的世界。

除了这一次旅行，我的其他出行不是出差就是旅游。出差是为了解决某个特定的工作上的问题，通常是两点一线。为了应付时差和吃饭，我到某地后的第一件事情就是去当地超市买牛奶、水果以及一瓶容易开启的葡萄酒。牛奶和水果能保证我在吃不上合口饭菜的时候仍能摄入每日所需的基本营养。而葡萄酒能够帮助我可以“醉眠”至少5小时，以此来抵抗时差对睡眠的影响。

旅游是我放松身心和陪伴家人的最好方式。

我对旅游的要求是——在经济条件允许的前提下，享受极致的舒适——用你攒了一阵子的钱，换来一段梦幻的时光。

每个人都需要出发与探寻

2017年9月，我和先生从美国的劳德尔堡登上邮轮，经海地、墨西哥、牙买加，然后再回到劳德尔堡。

邮轮上纸醉金迷，一切美好得仿佛进入了《了不起的盖茨比》的世界，喝茶的杯子都镶着金边，让杯中的茶水都泛着金箔的颜色。邮轮上售卖一种金灿灿的链子，一卷卷地堆放在柜台上，款式繁多，光泽华丽，熠熠生辉，拿到手上却是轻飘飘的，完全没有质感，只是一截镀了金色的塑料。顾客看中了款式后，售货员会按你要的长短剪下来，价格是论尺卖，十分便宜。

我一直觉得这是邮轮上所有的售货点中最有意思的设计——这种矛盾感和夸张的虚假，很有讽刺意味，仿佛是在提醒游客，这个虚幻的世界容易让人陷入极致物欲带来的眩晕里，而船下的世界完全是另一个样子。

邮轮在海地停靠，供游客观光的区域是被区隔开来的一片封闭的区域，挤满了极力招揽生意的小贩。我在一家售卖手工编织草帽的摊位前站住。草非常细，非常软，帽子非常轻盈，帽檐宽阔，摸上去光滑细腻，品质非常好。

摊主是一位老年妇女，操着“小生意英语”和我交流也并无障碍。这顶草帽开价50美元，立刻把我吓了一跳。她急切地看着我的眼神，像是在等待我还价。虽然当了一辈子的采购人，在这种情形下，我却开不了口杀价。于是默默放下了草帽，打算走开。

那妇人急切地喊了“40美元”想将我留住。我转身望向她的时候，她的眼里满是焦灼。于是我走过去，拿出50美元放在她手上，拿起草帽和一个木制的水果托盘，问她是否可以。妇人长舒一口气，点头表示同意。

我知道我被“宰”了。海地的GDP总量仅为180亿美元（百胜中国2023年营业收入为109.8亿美元），

2021年，海地的GDP总值为209.4亿美元，人均GDP为1420美元。海地有60%的人口生活在贫困线下（2023年联合国开发计划署定义的贫困线为日均生活费用低于3.65美元），在世界银行发布的《2023年物流绩效指数报告》中，海地在139个经济体中排名137位，位列倒数第三。我知道5美元就能买到这个草帽，我也并非看不透老妇人的狡黠，只是那一刻，来来回回的讨价还价并不能让我感到愉悦，反而让我感到焦虑，想快快结束因那妇人的不安而造成的我的不安。

海地的下一站是墨西哥，玛雅古城是一个必到的景点。旅游大巴上，贩卖玛雅文字饰品的小贩，他那如鹰隼般犀利的眼神，让人觉得饰品上所装饰的不是文字，而是一种诅咒符号，吓得我不敢靠近，更不用说上前询问价格了。

玛雅古城无疑是伟大的。从功能的角度来看，它和庞贝古城、雅典古城并无二致。

不管文明以何种形式出现，都是为了满足人类的基本需求和逐渐增长的对美好生活的向往。人和人虽然有着肤色和语言的不同，但内里其实并无太大的差别。不论人类社会如何发展，社会角色多么繁复庞杂，我们的相同之处始终大于不同之处。

2005年，百胜集团全球总部发起了一项捐助全世界饥饿儿童的活动。我作为这个项目在中国区的助手，开始了在中国总部办公室的宣传和演讲。在一次宣讲中，我被问到这样一个问题：中国还有那么多贫困人口需要帮助，为什么要先去救助外国儿童呢？我愣在原地，无言以对。

我从来没有想过濒临死亡的饥饿儿童的生命，在国籍上有何不同。近20年过去了，至今我仍然不觉得对于人命的救助有国界之分，遇到了，有能力，我一定会尽力。我想这也是旅行带给我的一些潜移默化的影响吧！

我最热爱的旅游城市是意大利的罗马，因为那里入目皆是风景，街头随意的一幢建筑，可能就有成百上千年的历史。街边的小店都充满了艺术气息，手工缝制的女士手包和鞋子，样式优雅，配色文艺。虽然穿着的舒适程度不及现代化工厂生产的成鞋，但看上去真的很美。我曾经一下子买了9双皮鞋带回国内，其中有一双一直穿到坏才舍得丢掉，这也是唯一一双被我穿坏的皮鞋，其他的鞋子或者因为样式过时，或者因为自己不再喜欢而早早地被丢弃了。

罗马之于我就像它的字面意思一样，是一个美好的理想城邦。意大利语的单词都以元音结尾，意大利人说起话来就像在唱咏叹调。罗马的男人和女人个子都不高，瘦瘦的，穿着简单而精致。街头随处可见的雕塑无一不精美，更不用说梵蒂冈的巨幅壁画、穹顶和无数的藏品了。

我并不是一个对艺术敏感的人，也并不热爱绘画和建筑。我不懂线条、光影、对比这些术语，我对作品好坏的评价只有一个标准，那就是当你站在它面前的时候，你是否感到呼吸暂停。

梵蒂冈教堂里著名的雕塑名为《悲怆》，描绘的是圣经里的故事：圣母怀里躺着死去的圣子，母亲脸上的悲痛和哀伤，让人屏息，心脏隐隐作痛，看到便移不开目光，回想起来又不忍再看。站在《悲怆》面前，我突然对艺术有了一个很直观的感受，虽然我没有能力用语言去描述，但我感到自己有能力感受到作品的优劣。

对于产品和品牌，我也有同样的判断标准，那就是在客观事实的基础上叠加直击人心的东西，那才是一个好的、有生命力的、有艺术感染力的作品。

5月，应财富公司之邀，我到香港去参加了几场活动。香港是我最中意的出差地点之一，其他几个喜欢去的城市是厦门、大连和成都。出差总是紧张的，为了某个特定的任务千里迢迢赶到一个地方，在任务没有完成前，心情总是忐忑不安的。唯独这几个城市，让我的心态能够放松下来，从知道要去的那一刻开始，心情就是雀跃的，连带着需要解决的任务仿佛也不再那么艰难了似的。

飞机降落，机场不似往日那般热闹，但也不显冷清。地勤依旧高效，出关也很是顺利。出口处的免税店和餐厅，还是之前那几家，招牌灯箱一如往昔亮得刺眼，让人无法忽视。等行李的时候我去上厕所，以免后续1小时的车程有所不便。和以往任何一次一样，我走到左手边最远的那处洗手间，每一次都走错，并且每一次都是在走了挺长一段路之后才突然想起，上一次也是一样走错了。可见人的记忆是靠不住的。

铜锣湾崇光百货的路口还是热闹的，购物的人不少。入夜的兰桂坊迫不及待地舒展肢体，露出张扬的面貌，暖红色的灯光，诱惑着欲望升腾。竖立在街口的路牌下，不断有各路“网红”变换着各种姿态摆拍，一组人总要折腾上半个多小时，接着下一组人又兴高采烈地扑向那根金属杆子，不想在吸睛程度上输给上一组，于是拍照姿态便越来越奔放，越来越异想天开。

开在两栋楼夹缝之间的咖啡店安然无恙，走道两侧的墙上，新的广告海报盖在旧的上面，层层叠叠。说是新的海报，其实也已经褪了色，边角卷翘起来，露出下面的颜色，几年没有换的样子。

昏暗狭窄的店铺背后，居然藏着一处小院子。与其说是院子，不如说是一小块没有屋顶的空地，用塑料布搭了个遮阳棚。虽然敷衍，但在寸土寸金的时代广场附近，已实属难得了。遮阳棚下，横七竖八的塑料椅子上，坐着西装合体、鞋履锃亮的商务客，他们抽着烟，轻声聊着天。

广东人吃饭的地方都嘈杂，嗡嗡地吵得人脑子发涨，不喊都听不见对方说了些什么，但咖啡店毕竟是有调性的地方，纵然环境简陋，举手投足之间还是要讲究的。

香港的咖啡店全然不似上海的咖啡店，即便再有格调的装修，也总有人自己搬动咖啡馆的桌椅，七八人围坐在一起，旁若无人地高声说笑，点上不多的几杯咖啡，自带的水果瓜子摊开在咖啡桌上，脚下还放一只泡了黄芪枸杞的真空玻璃保温杯。这个景象，让斯文的咖啡馆像是穿上丝绒烂花旗袍，抹了胭脂的“范小姐”（《围城》中的人物）。

我一直觉得香港是比上海更讲规矩的地方。香港的规矩繁多且严格。香港人普遍守规矩，也正是因为这样的秩序井然，让我感到更加放松和舒适。然而，太拘泥于规矩有时也会在一些无关原则的小事情上缺乏灵活性，因而显得势利和冷漠。这大概就是两地之间的区别所在吧！

论咖啡出品水平，上海明显超过香港，但论咖啡馆文化，上海还需要从不蹭座位，不带外食做起，这是我个人观点。

“旅行”颇有些磨炼意志、苦其心志的意味，而

“旅游”更多的是放松和享乐。但对于我来说，这两者之间的差别可能只是旅途中的食宿标准吧！

不管是旅行还是旅游，都能收获很多的益处。而这个益处，完全取决于你在这一路当中的摄取。世界对每一个路过的人都会毫无保留地展现，你关注的是什么，你就能看见什么。

旅行本身提供了一个让你看到更多、感受到更多的机会，总会有某一刻、某一处，一些东西会突然撞入你的眼帘，直击你的心底，让你不由自主地思考一些从未想过的问题，让你的某些困惑瞬时化解，或许，你会因此而豁然开朗，并开启一段不同的人生旅程。

真诚是必杀技

“高效能人士的七个习惯”的培训课程中有一项非常受欢迎的课堂练习，就是给自己写墓志铭——你希望在你的葬礼上，别人如何评价你？你为自己撰写的墓志铭大致就是你这一辈子想要成为的样子。

我第一次做这个练习大约是在27岁的时候，至今记得我写的内容：“Rose，一个真诚、热情、博学、美丽的人，是我们的良师益友。”

此后，每一次上这门培训课程之前，我都会更新一下我的墓志铭。内容也越来越多，包含做孩子的朋友、对行业有所贡献，等等。再后来，内容又越来越少，我发现除了一个人本身的特质之外，其他的都属于阶段性的人生角色，在一生的总结当中，你本身的特质才会伴随你一生，才能成为你特有的标签。

我是一个简单的人，在宫斗剧里活不过第三集的那种。我的这种简单和透明是天生如此，也是一种自主选择。我的一个供应商朋友，是一个成功的女性创业者，公司规模稳定，员工十分忠诚。原先我们的关系很一般，因为她的货品对我们公司的业务价值有限，我便不大愿意在这类供应商身上花时间。她为了获得我们公司的业务，辗转多次找了朋友约见我。

最开始的每一次会面她都带着目的而来，用常见的方式套近乎，然后失望而归。但她并不招人讨厌，慢慢熟悉了，不知不觉竟处成了朋友。最后生意是做成了，只是不是什么大订单。

如今我俩早已没有了工作上的往来，但依然能坐在一起吃吃饭，骂骂人。她对我的评价是："实在不懂你这种透明的人，是怎么坐到这个职位上的。"可见，在她眼里，做业务的人总是真真假假、虚虚实实；做公司敏感职位的人，更是逢人只说三分话。而我，却连说个谎话都感到困难。

对任何人说谎，我都觉得很难。大学同寝室的姐妹有时会针对某个人开个小玩笑，弄个恶作剧。被作弄的对象在将信将疑的时候都无一例外地向我求证，如果我沉默不语，将信将疑就会变成羞恼和嗔怪。这种真诚可能来自我严厉的父亲。小时候我经常因为没有按照父母的意愿行事而挨打，说谎更是位列所有不被允许的行为之首。

等到我自己当了家长，我能理解父母对说谎的严格禁止，更多的是因为担心孩子隐瞒真相而对自己造成伤害，不实信息还会误导家长以致家长找错方向，无法给予孩子有效的帮助。

育儿专家都说，父母越严厉，孩子就越容易说谎，借此逃避责罚，且越聪明的孩子越善于编织巧妙的谎话。我想可能是我不大聪明的缘故，才在严父的“棍棒”之下，仍然坚持讲真话吧！

虽然我始终认为真诚是做人最基本的品质，也是效率更高、更省力的做事方式，但“真诚”在职场中给我带来的好处和招致的敌意差不多各占一半。保持真诚并不总是受欢迎的，因此真诚需要的不仅是意愿，还有勇气和技巧。

所谓真诚待人就是以真实的自我、以自己内心真实的想法和真情实感来沟通，并且以善良的方式传递你想表达的内容。真诚的重要性在于它能够建立人与人之间的信任关系。

没有任何一个人喜欢被欺骗、被蒙蔽。真诚是建立信任和达成长久互赖关系的唯一路径。由于信任很容易破碎，因此你必须保持自始至终的真诚，哪怕只有一次不够真诚，都可能会给信任关系造成致命的伤害。

保持真诚是有风险的，因为真诚有时候会不大“好听”。人人都希望能听到真话，但又怕听到不好听的话，而真话往往不好听。人天生就有选择性接收信息的倾向，会把自己在意的某些点放大，淡化甚至忽略那些自己不在意的点。再加上认知水平、生活背景、语言体系等不同的原因，信息从发出到被接收的过程中会有所损耗，真诚的表达缺少修饰，在表达技巧欠缺的情况下，很容易被当作一种攻击和指责。

在实际生活中，“见人说人话，见鬼说鬼话”的人往往左右逢源，人际关系更融洽，人际冲突更少，即便偶有冲突，其程度也较为温和。有意思的是，尽管人更喜欢听好话，但多数人心底里对于“好话”的真假还是有数的——好话可以收下，人际距离因此可以拉近些，但信任感并不见得因此而增加，有时反而会降低。

因此，不真诚也是有风险的，尽管表面的人际冲突较少，但也容易被贴上“虚伪”的标签，很难收获深刻、牢固的长期信任关系。

保持真诚除了需要不怕被误解、被伤害的勇气，还需要锻炼另一能力——识别自己和他人的情绪，并利用这种情绪创造更好的结果，这就是所谓的“情商”。当对方没有能力听取逆耳忠言的时候，最好的方法是不说。在沟通过程中，如果对方没有准备好，那么这样的沟通将是无效的。倘若你自己的状态也不够稳定和开放，对方的情绪还可能带着你走向情绪化，进一步增加沟通的难度。

选择不说，并不是消极地应对，而是一种更智慧的态度。及早识别真诚沟通存在的风险，既避免了双方由于沟通不畅而出现关系裂痕，又保留了今后继续沟通的机会和达到更好沟通效果的可能性。即便是始终不说，你也无须抱憾，放下“度人”情节，因为人都是自度的。

职场中的人际关系有两个不同的层面，一种关系是简单的信任关系，这种信任关系可以让双方节省很多沟通成本，迅速达成一致的意见，从而提高工作效率。另一种关系则是公司制度所赋予的，带有一定强制性质的关系——无论对话或者合作的各方是否能够全然相信彼此，大家都必须按照同一套判断标准来行事。

在这个规范下，即便各方之间缺乏信任，仍然可以按照约定的规范协同工作，最终完成任务。因此，在职场中照章办事是可以完成基本的工作任务的，并不需要始终掏心掏肺地“实话实说”。

职场的人际关系是复杂的，人和人之间不可避免地存在利益冲突，并非所有人都乐于见到他人的成功，心甘情愿地为别人的晋升铺路架桥。也不是所有人都具备成熟的人格，可以事事反求诸己，不把竞争对手看作影响自己进步的阻碍。

人格成熟和道德标准的高低，与学历、职位没有因果关系，更高职位的人不见得一定拥有更高的道德标准。很多时候，身居高位、权柄在握者会被权力诱惑，生出一种可以逃脱道德、操守，甚至是法律约束的错觉，为了一己私利做出卑鄙下流之事。

诚然，身处高位者的人际圈对个人品格的要求更高，我们也经常会遇见德高望重、成为你人生导师的高层管理者。无论如何，德才兼备还是这个社会选择领导者的主流标准，因此位高者中会有更多抱持更高道德标准的人，德高可以是位高的原因之一，但位高绝不是德高的原因。

真诚有一个基本前提，那就是“善良”。当我们听到以“我这个人说话不会拐弯”“我这个人比较直接”为开头的对话时，一般而言，接下去对方会说一些他认为很有必要，而你很可能不爱听的话。

有点自相矛盾的是，既然预知接下来的话可能让对方受到伤害，那为什么一定要说出来呢？为什么不能换一种方式来表达呢？有的人也许是真的不善表达，所以用这样的开头来委婉地提醒一下对方，以免激化矛盾。而有的人是不愿意费心思斟酌字句，因为你不值得他费心思，用这样的句式作为开头，就是为自己接下去的冒犯做个铺垫：我的话不好听，但我已经打过招呼了，你如果生气，就是你没有雅量了。这样的“真诚”是伪装，不站在对方的立场、缺少善意的“坦白直接”是粗鲁无礼，甚至是故意的言语攻击。在标榜自己“真诚”的同时，也要警惕自己是否以真诚为名行缺乏教养之实。

我非常喜欢曾经的老板Laurel女士的一句话：Choose to trust first until it is proven not trust worthy——永远首先选择相信，直到事实证明对方不可信任。

每当我隐约感觉可能被算计了的时候，我就用这句话来告诫自己，一方面保持真诚和信任，另一方面多加考察。确实，我被辜负过很多次，也曾遭受经济和职业方面的损失，但我收获的是数量不多、质量极高的长期信任关系，当回想起那些被欺骗、被欺负的往事时，心里无比平静和安定。

在某些人眼里我可能缺乏处事手段，不够人情练达，也有喜欢我的朋友好意提醒：如果你能够……那么你可能会得到更高的职位。对于这样的评价和规劝，我一般都是笑着接纳。

感谢他们的好意，于我个人而言，更重要的是减少无效的人际沟通，不需要花费心思在九曲十八弯的试探、诱导和掩饰上，最大限度地降低内耗，让自己能够比另外一些人拥有更多的时间和精力，投入其他我认为更有价值的事情上去，从而获得比他们更为丰富的人生体验。

永远对爱情和婚姻心怀期待

我上一次对婚姻发表看法的时候，惹得一位刚刚领了结婚证、即将举办婚礼的小妹妹十分不快。之后我就再也不敢当着众人发表我的这种见解，以免伤害到更多对婚姻抱有美好向往并且已经准备步入婚姻殿堂的姑娘。

这位小妹妹在母亲的撮合下，觅得一位才华过人、赚钱能力非同一般的佳婿。而我当时却不合时宜地说了句：婚姻的本质是契约关系。

我们很容易把“家庭”和“婚姻”等同起来，在我看来，“家庭”和“婚姻”并非一件事。婚姻的本质是一种社会制度。世界上本来并没有婚姻，男女双方看对眼，便可以一起生活，繁衍后代，组成事实上的家庭。

人类社会发展到了一定阶段，为了解决子女养育和财产处置等问题，便发明出来一种解决此类问题的规范，让拥有共同子女的男女按照普遍认同的方式展开分工合作，享受权利和承担义务。

我认为，人类社会从部落、氏族开始，都以家庭为单位群居。家庭是社会的最小细胞，大到一群人，小到两个人，共同经营一个单位，就像一家公司，这个公司的主要产品就是“人”。人刚生出来的时候还是个半成品，无法直接“使用”，必须先喂养成活，接着施行教育，令其成为社会的有用之才。这个过程长达十数年，过程不仅劳心劳力，还需要花费金钱。

其间如果一方离开，留下的一方将处境艰难，而家庭的“产品”还会面临无人抚养的困境，或者面临缺乏足够的教养而成长为危害社会的破坏分子的风险，这对整个社会无疑是个巨大的威胁。

为了避免此类事情的发生，某种制度应运而生。随着人类社会的发展和财富的积累，社会结构越来越复杂，这种制度也逐渐发展和演变，以适应当时的社会需要。和其他一切社会规范一样，婚姻制度是因时因地制宜的。

阿拉伯国家实行一夫多妻制，某些民族至今仍保留一妻多夫制。多数国家的婚姻制度是一夫一妻制，这就极大提高了人们对“忠诚”的要求。

婚姻制度的产生是为了保障“家庭”这个最小的社会单位的顺利运转，所以婚姻本身是一个理性的、无情的东西，往往和爱情扯不上什么关系。

爱情在我看来是一种生理反应，是到了求偶期的男女因为身体里某种激素的变化，而对另一个人产生了迷恋和幻想，并且从这种迷恋和幻想当中获得极大快感的过程。

毛姆说“爱情是一种病”，作为文学家，他的这个说法更容易被认为一种形容，用于描述爱情带来的快乐、痛苦以及不可名状和无法自拔的体验。西方哲学家说“爱情是一种严重的神经病”，这句话出自哲学家之口，更容易被认为一种嘲讽，是对在爱情里失去理智的人的一个警告。

爱情通常伴随激情。有心理学研究表明，这种激情一般会在18个月左右随着激素分泌逐渐恢复正常而慢慢消退。这也是为什么爱情虽然美好但会转瞬即逝，且无法依靠人的努力去挽留，这不过是一种生理现象，有人的消退期长些，有人的消退期短些，仅此而已。

看到这里可能有人会反驳：那何以解释古往今来那些可歌可泣的永恒的爱情？要知道凡事总有例外，世界上很多事物都是呈正态分布的，就像人的智商大抵是接近的一样，特别聪明和特别愚笨的人只占少数，大多数人的智商都集中在一定的区间内，差异并不十分明显。因为特例很少，因此正面的特例总是会被放大宣扬。被宣扬得多了，仿佛就成了真理。

爱情在古往今来的文学艺术作品中被极致美化的另一原因是来自人类社会文明的进步以及人类对天性解放的追求。过往的规制礼教，压抑了男女自由交往的空间，越是被压制的就会爆发得越厉害。

人们用歌咏爱情的方式将男女自由恋爱提升到了与陈腐旧制相抗争的高度，以此来彰显追求“平等自由的交往”之正义。爱情在这里充当了叙事的媒介，让平等自由的观念能够被大多数人听到、听懂和接受，而不论及文化水平、宗教信仰的差异。这进一步拔高了“爱情”的神圣、正义、伟大。

我个人更倾向“爱情是一种病”的看法：对一个人的无限迷恋和虚幻美化，更多的是人类自然属性（动物本能）的展现，而不是理性思考后的结果。人们对于爱情的歌颂，多出自文人墨客对这种快感和痛苦相混合的奇特感受的美化，吸引了无数年轻的男女跃跃欲试。

爱情的复杂之处在于，两人相遇，彼此相悦，坠入爱河，情到深处就想要长相厮守，就要谈婚论嫁，组建家庭，希冀以婚姻的方式固定两个人的关系。一旦涉及组建家庭便延伸出养育子女的责任、家庭财产的分配、对配偶忠诚的义务等话题，任何一个都足够严肃和沉重。由于人性天然的喜新厌旧、趋利避害，承担责任和保持专一对任何人来说都是极大的考验。

婚姻制度规定了双方的权利和义务，载明了违反合约规定的一方可能会受到的惩罚，而未违约的一方可能得到什么样的补偿，以此为双方的分离制造“障碍”，让分离的成本变高，从而有助于双方对于分离的决定更谨慎小心。除此之外，我不觉得婚约对两个人关系的稳固和延续有更多的帮助。

爱情不能由一纸契约来维系，在激情退去之后，双方仍然对彼此保有价值，是关系存续的必要条件。这种价值包含经济价值、性价值和情绪价值。当这种价值交换是持续着的，并且双方都感到满意时，那么关系就能够得以维系，和有没有婚姻契约做保障没有必然的关系。我很早以前就预言婚姻制度终将消亡。新的民法典明确了非婚生子女的权益和婚生子女同等，这就已经将婚约的作用削弱了一半。

当一起生活的两个人能够把激情的爱情转化为长期利益的互换，这样的关系并不太需要外界的强力或者法律的强制力来予以维系。

现在的年轻人选择不结婚，并不表明他们没有生活伴侣。他们有些同居一室，过着形同夫妻的生活。只有当生育子女的问题被提上议事日程时，婚姻契约才显现出一定的必要性。有些生活殷实的男女，能够毫无压力地独自抚养子女，在双方和双方家族的财产也分割明晰的情况下，即使共同生育子女也并非一定需要以婚姻契约来规避风险。

当女性赚钱的能力越来越强、经济完全独立时，婚姻在她们的生活中就成了一个可选项，而不是必选项。这并非什么新奇的事情，很多国家和地区的“伴侣”都选择不结婚。

有一次我在机场巧遇我的一位美国女同事，她落落大方地向我介绍她身边的帅哥，说这是她的partner（伴侣）。这个词表明他们在一起生活，但不是法律意义上的丈夫和妻子。当她很坦然地介绍她的另一半时，我明白这种关系在她所处的环境当中是被普遍认可的。

当然，除了价值持续交换带来的稳固关系，还希望我们的家庭生活能够幸福，朝夕相处的两个人能够相看两不厌。

因此，家庭生活中两个人感情是否和谐也是非常重要的。但这里说的是感情，而非激情的爱情。激情转瞬即逝，而爱的感情却历久弥坚。

家庭和婚姻就像一家公司，合作的双方是夫妻二人。在事业打拼中，我们与合作伙伴彼此支撑，赢得一个又一个战役，取得共同的战果。在这个过程中，我们和合作伙伴之间的信任与日俱增。

与此同理，在家庭生活中，我们同样需要和伴侣一起应对各种问题，携手“攻下山头”，不管是子女教育，还是父母赡养，抑或家庭财富的积累，当我们共同努力取得正面结果的时候，我们对彼此的了解会日益加深，相互信任和依赖会日益增长，取得结果的成就感会让双方互生欣赏，感情也会因此而变得更加牢固。

因此，当你准备进入一段家庭生活时，如果能够做到以下三点，你大概率就能够收获更多的幸福。婚姻就像盲肠，有固然好，没有亦无不可，但若没有认真对待，好好维护，盲肠炎发作起来将痛苦万分，有时候甚至会要了人的命。

认清婚姻的本质，以及爱情和婚姻之间没有必然关系这个冷酷的事实。

考察自己和结婚对象是否具备维护好家庭关系的能力。拥有这种能力的人都有一些共同的特质。一是有责任感；二是有包容心和同理心；三是能够持续成长，有较强的学习意愿和学习能力。这几个特质和我们征求合作伙伴或者招聘公司同事时要求的特质何其相似，婚姻和工作同理，家庭的本质是一家合伙公司，两个人格基本完整的人，才有能力组成一个不断收获胜利果实（幸福生活）的团队。

婚姻家庭中的两个人需要共同进步，共同成长。

当一方的成长速度明显快于另一方，而另一方在相当长的时间内都无法齐头并进的时候，彼此能够提供的价值就会出现失衡，婚姻也就容易破裂。

任何关系都需要用心经营，婚姻关系也不例外。

有些男生在恋爱的时候极尽浪漫，变着花样地取悦对象，一旦“送入洞房”便觉得完成了追求伴侣的任务，从此可以高枕无忧了。有些女孩则觉得自己好不容易成了一家的女主人，从此可以放飞自我，怎么舒服怎么来。20多年前有一部名为《假如生活欺骗了你》的电视剧，剧中高干子女程真真的一句台词非常有意思：“怎么啦？他是我老公，我和自己老公说话还要先打草稿吗？”乍一听没什么问题，可不是吗，和至亲之人说话不就应该想说什么就说什么吗？可问题在于，夫妻关系无论再怎么紧密，两个人始终是独立的两个人，应该始终做到换位思考。一句话，一个眼神，是否会伤害对方，是我们时时刻刻都需要顾虑的事情。

前一天晚上聚餐，席间有一对夫妻分享的日常小片段非常有意思。高校实验室里，丈夫工作结束后准备和一旁等候的妻子一起回家。北京的冬天寒冷异常，而实验室里只有一副手套，丈夫说：“把手套留给师妹吧！”妻子听后很是生气，便道：“我也冷，我也需要手套啊！”一番讨论下来才明白丈夫的逻辑：“我觉得我和你是一个人，我让给师妹是天经地义的事，所以我觉得你和我一样。”

当然，我们也不必对“爱情”和“婚姻”生出畏惧或感到绝望。

在长久的家庭生活中，相当一部分人有能力从激情的爱情转化发展成近似血缘关系的“爱情”，从爱当中生出的责任和义务，与其他任何形式加于人身上的责任和义务都是不同的，它让人不自觉地、全然地接受。

我曾经的邻居是位退休教授。他的老伴卧床十几年。虽然家里请了保姆照料，但给老伴擦身这项工作始终由这位老教授亲自动手。他们家的保姆也在我们家短暂地当过钟点工。她说，老教授给老伴擦洗完毕，总不忘轻轻拍一下老伴的屁股，以宠溺的方式示意擦洗完毕。负责瘫痪病人的清洁工作只要略想一想就知道，这不是什么快乐的事情，更不用说是一天数次，天天如此，何况病人还可能控制不住，弄得床上无法收拾。对一般人来讲避之不及的工作，老教授的甘之如饴是装不出来的，没有“爱”作为滋养，他如何能坚持下去。

关于女性是否一定要结婚，我的观点可能和很多父母不一样。我的看法是，结婚是一个可选项，而不是必选项。如果结婚让你觉得生活会因此而更加美好，你可以去结婚。如果不能，那就不必结婚。对于女性而言，婚姻也好，男人也好，都是用来锦上添花的。有当然好，没有的话也没关系。

认为婚姻“可有可无”，并不代表我否定积极与异性交往的必要性。和另一个性别的人和谐相处，无疑是人生的重要技能，无论是在工作还是在生活中。我鼓励所有的年轻女孩子多认识一些男孩子，学习与异性相处的方法，积累与异性合作的经验，这是人生不可或缺的一门学问。

然而，如果没有遇到合适的结婚对象，那又有什么关系呢？作为一个独立的人，比成为某个人的合法配偶更为重要。不论男女，我们首先应当成为一个独立自主的个体，这是基础，也是前提。

我们置身于当下文明，社会性已逐渐超越自然属性，成为更深刻的命题。这就引发了一个讨论：究竟是作为社会人的幸福快乐更重要，还是作为自然人的基因延续更重要？事实上，这个问题并没有标准答案。我并不会轻视那些认为基因延续更重要的人，因为从生物本能的角度来看，这确实是理所当然的。

作为母亲，我希望我的女儿能够幸福快乐地度过一生，希望她能够从事热爱的事业，追求自己的幸福和满足。而我和她父亲的基因，以及她本人的基因是否能够得以延续，我一点儿也不在意，除非她本人认为基因延续是她人生幸福的重要因素。我并不会因她的基因得以延续就认为她的人生已经圆满，相反，我更看重她本身是否感到圆满，是否成为她想成为的样子。这是出于一个母亲对她的深刻祝福和爱意。

激情的爱情并非只存在于人类社会，婚姻却是人类独有的创造发明，是一项高级活动。并不是任何人都适合进入婚姻生活，参与的双方以及双方的家庭主要成员都需要具备一定的人格素养，才可能维护婚姻的稳定和长久的幸福，而从这样的家庭里长大的小孩往往会是优质的“人类产品”。

职场需要的“软性技能”

“软实力”这一概念是由哈佛大学教授约瑟夫·奈（Joseph S. Nye）于20世纪80年代首次提出的。软实力最初适用于国家，是相对于国内生产总值、城市基础设施等硬实力而言的，是指一个国家的文化、价值观念、社会制度等影响自身发展潜力和感召力的因素，是一国吸引、说服别国协同支持本国目标的一种能力。

后来这一概念被沿用到企业乃至个人领域，一般是指一切非物化要素所构成的实力。英文的表达是“soft silk”，翻译过来是“软性技能”。

“软性技能”更适用于形容个人，“软实力”更适用于形容国家，若将其用于形容个人，则会显得大而无当。

职场发展大致可以分为两个阶段，第一阶段是成为独立的和可依赖的个人贡献者。这个阶段的主要目标是能够独立完成主管交办的各项工作；能够主动积极地发现新的问题，并用恰当的方式独立解决；能够服从团队的整体目标，按时按量保质完成任务。

对于第一阶段职场人的软性技能的要求主要是：

正面思考——在困难的环境下仍能够保持积极的心态，寻求解决方案。不过度归因于外部环境，从自己可以发挥影响力的事情入手，不过度关注自己影响圈之外的事情。从自我改变开始，不过度强调外部环境的负面影响。

始终与团队目标保持一致——将组织目标和个人目标相统一。虽然社会文明越来越尊重个人的自由，但个性主义在职场并不值得提倡。团队和一群人的区别在于是否拥有同一个目标。团队是在共同的使命感召下聚集起来的一群人，彼此协同以增加整体的战斗力，获取个人力量无法企及的成果。而一群怀揣着各自不同目标的人是形不成合力的，也就不能成为一个团队。

卓越的执行力——有紧迫感，有很强的责任心，灵活主动地克服困难，完成任务。团队是一个整体，但共同的成果来自每一个守土有责的人。

优秀的学习能力——乌卡（VUCA）时代（VUCA分别是volatile、uncertain、complex、ambiguous首字母的缩写，意为易变不稳定、不确定、复杂和模糊），唯一确定的就是不确定，除了自我迭代之外，我们别无他法。在凯文·凯利的新书签售会上，一位高中生的父亲提了这样一个问题：您对即将步入大学的年轻人在选择专业上有什么建议吗？这句话直白的表达就是：学什么专业对孩子将来就业会更有利？关于年轻人的专业选择，华为副董事长孟晚舟是这样认为的：不要选择和机器竞争的职业。这在大方向上为年轻人的择业提供了指导。凯文凯利对于这个问题的回答是：年轻人需要不断优化自己的学习能力，只有学习能力更强，未来才会更适应社会需要。对老先生的这段话，我是这样理解的：没人能够预知将来什么专业更容易找工作、赚高薪，这个巨变中的时代对人的要求变得越来越高——始终学习、不断更新、灵活应变，是唯一的选择。

第二个阶段你将从个人贡献者成为团队的领导，需要通过他人来实现工作目标。这个阶段的软性能力更多地聚焦于协作共赢上。一般包括以下几点。

双赢思维。双赢和相互妥协是有区别的。真正的双赢是双方甚至多方都得到比原先预想的更好的结果。真正的双赢需要依靠创新的、突破性的想法，去创造出一个更大的结果，整体变大了，各方都能分享到较之前更多的利益，而不是在原有的池子里你争我夺，也不是任何一方为了达成协议而退让、牺牲。

倾听、共情与充分展示自己的能力。好的沟通在于充分理解和充分表达，只有他人的意思被自己准确地理解，同时自己的意思也被他人充分地接受，我们才有可能寻找到让双方都满意的方案。耐心倾听的前提是尊重对方，充分表达需要的是勇气和自信。

整合资源，加以创新。人们往往很难做到这两点，这是因为创新性的结果对知识技能的要求很高，创新更是对人的心性的磨炼和考验。

我是特斯拉车主，我选择特斯拉的唯一原因就是埃隆·马斯克，这位近乎“神”的人。他不仅始终创新，还主动把创新的部分成果向大众公开，供大家免费使用。不断创造新的社会价值、以人类福祉为根本目标的创业者才是真正的企业家。反观有些创业者，尤其是那些连续拿到结果（经济回报）的创业者，却始终不愿意放弃赚快钱的逻辑——照猫画虎，用大资本去营销和推广，试图重复之前的“成功”，以最低的研发和试错成本开启一轮赚钱模式。

为了吃一口饱饭，创业初期学习甚至“抄袭”成功品牌，当温饱不再是问题的时候，运用创新思维，定下高远志向，为顾客、为行业、为社会提供新的价值，这才是摆脱内卷、建立竞争性优势的正确路径，也是早期的模仿可以被容忍的唯一原因。创新太难，因为难，所以很多人选择不做，但也正是因为难才有价值。

以上所列的7条软性技能专注于个人的成熟独立和相互协作创造更好的结果两个方面。1995年，美国《纽约时报》专栏作家、心理学家丹尼尔·戈尔曼在其风靡世界的《情感智商》一书中指出，促使一个人成功的要素，智商只占20%，情商却占到了80%，情商才是人生成就的真正主宰。情商是通过感知自己和他人的情绪，利用这种情绪创造更好结果的能力。软性技能大部分与情商有关联。

人工智能（AI）的发展让软性技能的重要性愈加凸显。AI能够掌握人类几千年来所积累的知识性内容，并且可以“过目不忘”，可供随时调取。AI在供应链领域的计划预测和物流规划方面，已经十分成熟。叠加自动化和物联网，在餐饮零售门店SOP监测、精细化运营上也将很快超过人工管理。然而，在软性技能（软实力）方面，如沟通能力、艺术修养、思考方式、创造力、领导力等，AI还远未发展出相应的能力。可见，在将来，人类和AI主要会在“硬知识”和“软性技能”之间进行分工与协作。

上海交通大学新近设立了教育学院，开设了研究生阶段的教育课程，培养基础教育的师资力量，主要的培养方向就是人格修养相关内容。墨尔本大学生物学科的研究生入学第一课是“科学与社会的关系”，引导学生树立符合人类利益的科学伦理观，以及如何与他人合作，为科学研究带来更符合人类社会价值的成果。这些高校课程的设置，很明显将“软实力”培养的重要性提到了与“硬技术”同等甚至更高的地位。

人生的旅程，尽情去冒险吧

我儿时幻想过的各种职业中，未曾有过“餐饮”这个行当，可我几乎做了一辈子。这个工作并不是我自己的选择，而是误打误撞入了门。高中时期，我特别想成为一名配音演员，后来译制片配音的需求日渐萎缩，如果我当时真干了配音这行，现在会有什么样的人生呢？

人在30岁以前，尽可以去尝试各种各样的工作，从广泛的尝试中找到自己真正的兴趣所在。很少有人在年轻的时候就非常清晰自己这一生的目标，虽然确实有这样的人存在，但只在少数。

另外一类在年轻的时候就知道自己终身目标的人，可能是出于家庭的原因，早早就规划和限定了他的人生之路，不管喜欢还是不喜欢，他从出生那刻开始就知道自己将来一辈子所必须从事的工作。但对于大多数人来讲，我们年轻时都曾经迷茫过，不知道自己的人生使命是什么。

对于这样的迷茫，我自己的应对方法是“干一行爱一行”。不管什么样的工作机会，我得到后都会投入巨大的热忱去学习、去研究，挖掘它背后的基本逻辑，不断实践以丰富经验，阅读相关的书籍帮助理解，直到自己成为一名高手。

就这样，歪打正着，我在餐饮供应链这条道路上积累了数十年的经验。在入门这个行业的时候，我甚至都不知道采购是做什么的。但这并不妨碍我花费时间和精力，调动起我所有的好奇心去拥抱这份工作。

现在的年轻人拥有比我们当时更多的选择，相当一部分年轻人可以按自己的兴趣来选择专业的，而不必顾虑毕业后的工作去向。这是莫大的幸福，但也给年轻人带来了选择性困难。

既然不确定，那么不妨在30岁之前尽情地去尝试，那些你曾经羡慕过的、好奇过的行业，躬身入局亲手做做看。如果你要创业，千万记得这是一项高难度、高风险的活动，要谨慎入微，千万不要在年纪轻轻的时候就负债累累，以致影响一生的生活质量。

做这样的尝试并不是完全盲目的，你即便再迷茫，也总有一两样自己喜欢的或者自认为擅长的事情，你曾经好奇过或羡慕过的职业，大胆地去追求和尝试，这些经历都将在未来的某一时刻，在不经意间给予你帮助。

切记不要以尝试的名义去虚度时光。何为虚度时光？一个简单的判断标准就是，时间、精力乃至金钱的付出，是否可以提升自己的社会价值。只要是对个人知识、技能、阅历的增长有帮助的，无论做什么都是好的。

我一直认为世界上万事万物的运行都是遵循着某种法则的，我们要想脱颖而出，就必须在某一个点上，花最大的力气。“脱颖而出”的“颖”指的是锥子的尖。当锥子够尖的时候，单位面积的压力才足够大，锥子才能够突破包裹它的布料。我们想要有所建树，同样需要遵循这个物理法则——要么施于锥子的力量非常大，要么锥子尖的面积足够小。

如果你天赋异禀，一掌猛力，哪怕锥子头是个平面，你也可以把锥子推出布料外，做到“脱颖而出”。但对于大多数普通人来讲，我们的能力是在一个限定的范围之内的，谁也不比谁更多。既然没有超常的力气，我们只有把锥子的头削到足够尖，力量汇集在这一点上，才可能“脱颖而出”。

中信出版社的中文版《异类》第二章，有关于10000小时定律的描述：“人们眼中的天才之所以卓越非凡，并非天资超人一等，而是付出了持续不断的努力。10000小时的锤炼是任何人从平凡变成世界级大师的必要条件。”他将此称为“10000小时定律”，即在某项工作上投入10000小时的人大多可以达到“专家”的水平。

天赋异禀不可期待，而持续努力是每一个普通人都可以尝试的。“10000小时定律”给了普通人获得成功的希望。

长久地专注在同一件事情上并不容易。我们在学习一项新的技能时，通常会经历以下三个阶段。

第一阶段，从入门到初步掌握，是一个质的飞跃，收获的正向反馈激发起更高的学习热情，促使我们投入更多的时间。

第二阶段，从初步掌握到熟练运用，虽然变化不如第一阶段明显，但正向反馈还是能够及时给予我们激励。

第三阶段，从熟练运用到炉火纯青，投入的时间和收获的进步往往不成比例。从优秀到卓越的阶段，正向回馈不知道什么时候会来，也许永远不会来。失去了及时的正向反馈，让人很容易感到沮丧并产生倦怠。此时，需要自我驱动和自我激励。行百里者半九十，说的就是这个阶段。

在专注这件事情上，我觉得自己不是一个好榜样。我有太多的兴趣爱好，学过配音播音，练过毛笔字，跟着民营越剧团唱过戏，创业开过店，当过心理咨询师。就连自己投入20多年的餐饮业，我也曾放弃而转战于国企、外企、民营企业等各种形态的公司。

我的大半辈子都花在经历各种不同的体验上了。那些天赋异禀的天才，如达·芬奇、钱学森，他们在涉猎的各个领域里都能够有所建树，他们就是我上文所说的一掌猛力可以击穿一门学科的人。

而我，一个资质平庸的普通人，在大部分涉足的领域都只是业余爱好者的级别。所幸我对于自己的本职工作是投注了巨大热情的。

我入职百胜中国的第一个职位是Poultry Purchasing，看英文原义真的有点不知所谓。译成中文“鸡肉采购助理”，才稍微能够明白一点。

从国营外贸公司到跨国集团，我的第一个挑战是使用Office办公软件。当时的国企不给员工配备办公电脑，通常一个科室仅有一台电脑，小青年有空的时候去捣鼓一下，基本算是一个“办公自动化”的摆设。

跨国公司则每人配一台电脑，日常工作都需要通过办公软件来完成。我不会，于是买了厚厚的几本书来自学，但相比其他同事，我还是显得有些笨拙。

一次我因为不明白某个操作而向部门秘书请教，她在教会我操作的同时在电脑屏幕上键入了“笨蛋”两个字，然后微笑着扬长而去。

我看着这两个字头脑一片空白。也许正是因为这样的羞辱激发了我的好胜心。我几乎投入了所有精力去学习各种技能，办公软件使用、养殖行业技术知识、餐饮连锁数据分析、宏观微观经济理论……我的投入也得到了积极的反馈，从而促使我继续学习。

一段时间之后，我发现自己对工作范围内的相关事物如数家珍，几年之后，我成了这个团队的主管。

于我而言，人生就是一场旅行，经历得越多体验越丰富，幸福指数就越高。经历丰富多样，又喜欢分享，这就促成了这本书的诞生，也算是歪打正着吧！

世界是多样的，人的追求各不相同。如果你和我一样，中意于“大闹一场悄然离去”的人生，那么就尽情地去冒险吧！如果你希望在某一个领域有突出的成就，那么长久坚持和耐心坚守则是必不可少的。

辑二

爱自己是终身浪漫的开始

没有绝对的真实，

但一定有相对的自由。

优越感是
一个中性词

我出生在上海，碰巧又是独生女，正好应了“江浙沪独生女”这个梗。我的父母是普通职员，他们是很尽责的父母，尽管能力有限，但是在物质生活、升学、就业各方面，都尽可能给予了我最大的支持。

尤其是我爸，虽然他一直很希望有个儿子，但从未对我有一丝苛待，而是极尽呵护。反而是我母亲，我感觉她在我年幼的时候，对我是个女孩这个事实一直有一种愧疚感，特别是当我犯了些小错误的时候。比如，某一次考试成绩不够优秀，或者贪玩没完成作业之类的，她对我的嫌弃溢于言表。

在我的职业生涯里，我加入过百胜这样成功的企业，它不仅给了我一份待遇优厚的工作，还将我培养成有所专长的职业经理人。在适婚的年龄遇到了愿意娶我的人，人品敦厚，博学笃志。我头脑不笨，长得也还说得过去，声音动听，身体没有什么残缺。上帝对我是恩待的，对此我始终心怀感恩。但人就怕比较，长时间在外企工作的经历也让我有更多的机会遇到比我更为优越的人。

我第一次出国是到泰国参加亚太区的工作年会。泰国的同事安排大家晚上去逛百货公司。我和台湾区的同事被色彩绚丽、质地细密的泰丝围巾吸引，翻看价格牌，台湾同事欣喜地发出低呼：好便宜哎，多买几条回去送人。

我看了一眼，合人民币300元左右。2000年，我的月薪是6000多元，上海市月平均工资仅为1285元。300元的围巾，虽然不至于买不起，但相较于当时的收入，我感觉还是很贵的。那些年，工资年年涨，物价比工资涨得更快。

我父亲常说："这样有什么意思呢，工资虽然涨了，原先买不起的东西照样买不起。"和台湾同事一起在泰丝柜台逗留的那刻，我意识到生活水平的差距，也意识到“通货膨胀”是经济发展的标志之一，物价水平的提高是消费水平提高的标志。如今，泰国已经成为国人非常喜欢的平价旅游好去处，泰国的物价对于现在的中国游客来说真的是“好便宜”。

优越感是由内而发的，不是刻意表现出来的。那些想要通过言语、装扮、态度来压人一头的“优越感”，其实并非真正的优越，而是源自内心的自卑，对自己的掌控力缺乏信心——如果不表现出高人一等的姿态，以便在心理上占到优势，自己可能就会对场面失去控制。真正的优越感是物质丰盛富足之后自然流露的情态。

有优越感的人往往并不自知，在他的眼里生活本就该是这样：人人天生都是爱干净懂礼貌的、都是吃得起、喝得起的；家家户户都是有抽水马桶的……这种优越感来自物质的充裕和内心笃定的安全感。

有优越感的人通常自我感觉良好，因而显得有点儿讨厌。但他们同时也会更友善，因为他们心态更富足，不善于抢夺和竞争，他们认为这个世界上的物质本就是丰富的，该属于自己的一样都不会少。他们是这样看待自己的生活的，同时也是这样假设他人的生活的，以至于他们有的时候看上去有些天真，甚至不合时宜。也有人会觉得他们蠢，觉得他们不了解社会的真相，会被现实毒打，遭受重创。

这种可能性的确存在，但相对于“缺乏感”强烈的人，我还是更喜欢有“优越感”的人。有优越感的人极少主动害人，他们更愿意担当宏大的使命，做出普通人难以企及甚至都不敢梦想的事业。人在物质缺乏的时候，首先想的是吃饱肚子免受饥馑，哪里有心思来创造新的价值？

优越感的另一好处是心理更健康。我在研读心理咨询课程的时候，老师曾讲到过心理咨询师的优越感——一个现实状况和身心状态优于一般的人，才有可能去做好心理辅导工作。生理上的疾病我们以药来医治，而心理上的疾病除用药物来控制器质性改变外，更多的还是依靠心理治疗，而心理治疗就是以咨询师本人为“药”。这颗“药”如果本身就境遇糟糕，怎么可能有足够的能量来帮助他人呢？

有些条件十分优越的人进入社会以后，会出现适应不良的情况。这种适应不良是因为他没能及时纠正自己的认知，并且做出行为上的改变。同时，我也看到另外一类十分优越的人，他们并非一味地天真，而是早早学习了社会规则，了解人心的复杂多变，不害怕成年人世界的灰暗面，及时制定出一套应对策略，并不断调整，使之行之有效——在保持天真本性的同时，又能够游刃有余地开展社会活动，以成就自己的事业。

我能够意识到自己身上流露出的优越感，我希望摆脱它，因为我将此作为个人修行的一个标准。优越而不乏同理心的人是一道光，让人感觉到温暖和希望。有时候，我发现自己在同理心方面仍有不足。有些事情，我可能会觉得理所当然，因此很难真正站在别人的角度去理解他人的处境。

我辅导的一家创业公司从外服公司挖来了一位资深人事经理，希望她能够在人力资源建设上带来正面的影响。但是我发现她总是屈从于老板的意志，对员工严厉管制而不是辅导和鼓励。

我找她谈话，不客气地指出了这个问题。结果她委屈地哭道：“我做不到像你这样按自己的价值观做事，老板开除我，我拿什么养活儿子？而你是根本不怕没有这份收入的。何况，我并没有做任何不符合法规的事情，你对我的要求过高了，我做不到。”

这一段平常的职场对话令我印象深刻，也是我第一次遇到把“做不到”说得如此理直气壮、毫不羞愧的人。我用自己的标准要求别人，没有站在他人的立场思考，天真地以为我个人的价值观是真理。对于“做不到”，这位同事可以说得如此毫无愧色，让我对她刮目相看——知道自己的局限性且不以为耻，坦然面对并且说出来，是需要勇气的，也暗藏着智慧的微光。

贝聿铭先生留美后于1974年第一次回国，他见到了曾经的玩伴和破衣烂衫的堂兄弟。后来他说：“我在他们面前没有一丝一毫的优越感，他们当中任何一个人可以是我，我可以是他们当中的任何一人，一切都是历史的偶然。”

长期在外企工作，优秀和优越仿佛是天然赋予的。在这个圈子里，大家的价值观接近，生活状态也比较类似。直到加入一家小规模的民营企业后，我才切身体会到城乡之间的差异、城市和城市之间的差异。人的生活状态、价值取向，其实是存在很大区别的，这种差异如果不是亲身经历，恐怕是想象不到的。

我在樊登读书工作时候的好朋友向利，是上海财大的研究生。她理智、坚韧、坦诚、温暖。来自小城市的她，工作了很短的时间后就跟随先生一起加入樊登读书的创始团队。她坦言，我的谈吐、见解、工作方式乃至衣着品位，在这家公司里显得很特别。很多我认为理所当然的事情，在她以及和她同样背景的人看来，是陌生且别扭的。她没有批评我的优越感，而是包容和接纳。我于是也有了一个了解成功走出小镇的“小镇青年”的窗口。

向利是松弛而坦白的，她绝不把力气花在消耗自己、消耗他人的事情上，她活得通透而潇洒。我问起她对物质的欲望，她看了一眼自己身上的牛仔套装，回答道：“我好像完全不需要。”作为创始团队成员，向利已经不缺钱了，她有条件追求精致的生活，但是她不需要。我摸了一下身上衣服的领子，这件衣服是我出门前再三确认过的，认为品位不俗又不过于抢眼，穿着见朋友是最为恰当的。可此时，我觉得耗费心神挑一件衣服和一句“我不需要”相比，“不需要”才是真正的优越啊！当你不再有“优越感”时，你才有机会遇见更优越的人。

我个人并不讨厌有优越感的人，相反，一个社会如果有更多有优越感的人，则说明这个社会的富足程度就达到了一定水平——人人都觉得自己还怪好的。而一个社会，如果大多数人都抱持着困顿的、缺乏的心态，那这个社会可能会出现更多的争夺、踩踏。从心底里我是不喜欢这样的社会的。

“内卷”的英文是rat race，直译过来就是“老鼠赛跑”。这是一个画面感极强的翻译——阴暗肮脏的下水道里，一群大小不一的老鼠争先恐后地往前跑，为了跑得更领先，一些老鼠会踩踏到其他老鼠身上，而被踩踏的老鼠吱哇乱叫，惊恐万状……这是多么可怕的景象啊！

优越感不应该是一个贬义词。优越感应该是一个中性词。优越而不缺乏社会适应，自我感觉良好而乐见他人优越之处，这才是我们的社会所欢迎的“优越的人”。

科学、艺术、技术的发展，大多数是由富足而优越的人推动和引领的。坦然地接受他人的优越感和自己的优越感，是我们走向心理富足的开始。

一程有一程的风景

有一天，女儿问我：“是在什么时候，你感觉自己老了？”

我想了一会儿，回答说：“在我发现自己看不清手机屏幕上字的时候。”我的视力一直很好，如果视力表还有下一行的话，我还是能够看清。我能够看到200米开外远远驶来的公交车顶灯，看得清那是几路汽车。从小到大，我没有戴过眼镜，而在47岁那年，我突然一下子就看不清公交车顶灯了。不仅远的看不清，近的也看不清，如果不戴眼镜几乎就是个盲人了。

年轻时，我非常不理解为什么那么清晰的针孔外婆却看不见，每次叫我帮忙穿针，我都以为外婆偷懒，不肯好好看看。而现在，我的情况有过之而无不及，穿针引线是完全做不到了，就连日常工作生活，也必须随身携带175度远视和300度散光的眼镜。

为了避免忘记带眼镜而造成的种种不便，我一共买了四副眼镜，分别放在办公室、家里、随身的包里，还有一副当作备用。出门旅行时，我也必定要带两副眼镜，以防不慎弄丢一副，也不至于一路当个睁眼瞎。对于我来说，戴上眼镜固然显老，但是总要好过因为看不清而造成的反应迟钝。我的一位闺蜜和我同龄，我很认同她讲的一句话：我宁可被人看起来很老，也不愿意被人看起来很蠢。

我的体力一向不错，每天看起来都元气满满的。我的外表和言谈举止在很长的一段时间里，都被人认为比我的生理年龄要小上十岁。我是一个对年龄不怎么敏感的人，从来没有把年龄的增长视为一件重要的事情。我对自己的年龄没有什么感觉，不管是穿着打扮，还是购物习惯，抑或审美趣味，看到更新潮的我都要拿来研究一番，学一学，试一试。

我是最早使用微信、抖音的一批人。我使用视频号也是在微信局部开放试用期间就被邀请试用的。跟着年轻人学做电商，做直播，拍视频，当点评达人，用AI画海报……每一样我都喜欢。除了打游戏，因为视力不行，手速也跟不上，没有办法享受这样的乐趣了。

过了30岁，我就不怎么去记自己的年龄了。当被问起时，我需要稍微计算一下，才能准确报出自己的年纪。我的一位女性朋友在她50岁的时候举办了一个盛大且华丽的生日宴会。她把那些如梦如幻的照片发在朋友圈，写了一句话：“五十而已。”看到这条朋友圈的时候，我心里忽然一动，因为我的50岁也将在半年之后到来。那个时刻，我确实有一点意识到自己是不是老了，该退出历史舞台了，可那也只是一刹那的感慨。半小时之后，我还是该干什么就干什么去了。

身体的衰老并没有饶过我，除了视力的衰退，我的膝盖也开始出现问题。一直练得好好的深蹲，却突然一下子让我的半月板扭转，疼得不能走路。深蹲不能做了，其他的运动也只好暂时停了下来。半年多不动，腰腹的“游泳圈”又多了一层。

女性到了50岁左右进入围绝经期，身体上的变化是剧烈的。虽然外貌上的衰老可以掩盖，甚至可以通过高科技来延缓，但语速和思维的速度比之前还是慢了些许。由于我年轻时的语速和思维速度非常快，现在稍微降了一点速，看起来也和正常速度没有太大差异，但我自己知道还是比以前慢了。睡眠也开始变差了，让我在睡不着的夜晚老是担心第二天的皮肤状态和思维敏捷程度。

有意思的是，变老之后的失眠对第二天状态的影响并不像年轻时熬夜那样明显，50岁之后，我几乎没有出现过因为失眠而影响第二天状态的情况，而年轻时只要有一晚不睡，十个懒觉也补不回来。

从生理角度来看，年长实在没有什么好处。但从精神层面来看，我现在的感觉实在是好极了——不经意间我终于活成了我喜欢的样子，实在是太棒了！

变老的一大好处是我们不再需要男人，也不再畏惧男人。进入围绝经期的女人生殖能力几乎丧失，失去了性价值。男人们不再把我们看作“捕猎”的对象，我们也无须为两性“战场”上的“三十六计”而绞尽脑汁、欲擒故纵、患得患失。此时的恋爱和性事，纯粹而直接，不掺杂其他的小心思，无关成立家庭、疾病、经济、子女养育等严肃和沉重的话题，只是简单的相互抚慰，从精神到身体。因为简单和纯粹，所以享受。

变老之后，你取得的成绩完完全全归功于你自己的能力，没有人再怀疑你靠性别优势走了捷径。男人们开始尊重你，职场性骚扰已经远离你，不用在费心拿捏和男性合作伙伴关系的分寸。你可以不再为无聊的酒局烦恼——没有人会觉得给一个老太太灌酒是得体和有趣的。你可以毫无负担地在饭桌上要求提前退场，去享受自己喜欢的晚间生活。你还可以像男人一样，对那些令人不快的事情畅快淋漓地发一通脾气，而不必理会对女性领导形象的苛刻要求。

50岁是一个神奇的年龄。20岁懵懂青涩，30岁锋芒毕露，40岁兵荒马乱，50岁从容镇定。都说五十而知天命，到了这个年纪终于明了到人间走一遭究竟所为何来。

今年春节期间，我参加了一个线上训练营，主题是“丰盛富足的人生”。我的初衷是学到一些让自己更多金的办法，好让自己能够没有愧疚感地为一些感性的事物花钱。有意思的是，在老师的引导下，我发现最大的财富不在别处，而就是我自己，我自身便是丰盛富足的源泉。

一直以来，我是如此排斥做顾问、当培训师这件事，因为这不是一个能自我增值的生意模式，不能产生被动收入。所以，我的创业项目始终把“培训和咨询”排除在外。训练营虽然没有教会我“致富密码”，却帮助我找到了此生的天命所在——分享知识，传播正念。

我曾经对一件事情非常在意，那就是别人对我专业能力的肯定。我无法平心静气地接受他人对我专业水平的否定或质疑，面对这样的质疑总是会产生强烈的愤怒，必定要立刻回击。即便回击了，我也无法平复心情，质疑和不认同还是会让我继续难过一个星期。现在，我好像比之前更笃定了，我清楚自己在专业上、在领导力上、在沟通技巧上、在思维逻辑上的强项和弱点。对于自己做得非常糟糕的地方也可以毫不避讳，坦然地承认，并不以此为耻或者因此而自责。

对于那些我确信自己擅长并且能够为他人提供价值的地方，我有十分的耐心去聆听对方的不同意见，了解他的思考逻辑，然后一起讨论。我不再有受攻击的沮丧和愤怒，明白任何人都可能错，“错”有时候比“对”更有价值。我非常清楚自己是什么样的，不强求所有人的认同和赞许，不害怕恶意的诋毁和打击，不苛责自己的无能和无知，踏实、松弛、自在。

最近有一个网民在我的一段采访视频下留言道：“你的水平非常有限，但运气不错。”这段两分钟的采访片段讲的是“你认为哪种商品的采购最难”，我给这位网友写了一句回复：“谢谢你，我运气不错。水平嘛，在中等以上。”

当你不再过分在意他人评价的时候，你真的会生出一些生活的智慧来，能把时间花在自己真正喜欢的事情上，而不必为了满足他人的期待去做一些不得不做的事情。我离退休的年龄还有一段距离，即便到了退休的年龄，我相信我也会选择继续工作。

年少时，我曾经以为自己会成为一名记者，我喜欢文字的力量，仰慕为公平正义而战的侠肝义胆。但那时候我们选择大学专业都是以就业为第一优先条件，所以我在父亲的安排下读了外贸，后来又进入外企工作了

20多年，英语说得多了，中文的功底却越来越差。而现在，我终于可以重拾少年梦想，写书撰文、拍视频做培训，随时随地分享对别人有价值的内容。为“天命”而工作的岁月里，每一天似乎也变得比以前更长了。

我觉得随着年龄的增长，身体的状况将会越来越差，行动能力和社会活动能力也会越来越受限，但思想反而会变得更加活跃。英国女作家戴安娜·阿西尔的一本名为《暮色将尽》的随笔，是她在89岁时所写的一部作品。书中讲述了她的家人、性伴侣、同事和朋友的一些事情。文字直率、生动，那种直言不讳的畅快令人感到欣喜，耄耋之年思维仍旧火花四溅，充满活力。

电视剧《繁花》播出后，外贸公司“汪小姐”和外滩27号成了一代外贸人的符号，重新进入大众的视野。看着剧中熟悉的机械打字机、袖套、半截手套，黄河路的灯红酒绿，外贸仓库粗俗热情的工人师傅，记忆的闸门一下子被打开了。我步入社会的第一份工作就是在“汪小姐”隔壁的外滩26号食品进出口公司担任外销员，是一枚和“汪小姐”一样的外贸“金花”。

随着《繁花》故事的层层展开，30年以来的职场点滴如泉水般涌现。作为热点人群的代表，我接受了《五十岁我想说》栏目的采访，讲述了我从外滩一线江景办公楼的外贸小姐，转型为外企公司高管的整个过程。

采访进行了五六小时，剪辑成了8条两分钟长的视频，单条视频就有40多万人次的观看量。

我想，所谓阅历也许就是你已经活了足够长的时间，长到你曾经遭遇过的、听到过的、参与过的很多事，都已经被你淡忘，沉入记忆的湖底。直到有一天，因为一个契机，这些东西重新泛起，在湖面激起一圈又一圈的涟漪，变成你信手拈来、随时随地可以分享的动人故事，讲也讲不完。

前几天的一个傍晚，闺蜜小毛给我发来一条消息。她说她已经把办公室搬空了，等着下一周和公司签完离职协议就不再去了。小毛距离官方退休年龄还有四五年，过去一年里她的主要工作就是按美国总部的要求削减成本、裁撤团队，今年终于轮到自己了。虽然并非毫无心理准备，但当事情真的发生时，她肯定还是难过的。

收到消息的时候，我正在恒隆广场散步，看见一个穿着超短吊带背心、樱花粉色拖地长裤的女孩，这样的搭配让身材比例看上去非常好。我第一次没有“弄一套来穿穿”的冲动，这样的时髦已经不属于我们了，即便是长期的自律让我们的身材还没走样，但气质上已经没有了热辣和飞扬。我一时间有些感慨，属于我们的时代终于要落幕了，余生将是一段新的、全然不同的旅程。

你只管努力，剩下的都交给时间

生于20世纪70年代，90年代大学毕业，我们这一代人享受到了中国改革开放，经济高速发展的红利。中国经济发展最快的年代正好和我们的事业黄金期重合。我们这个年纪的人，上大学的时候学费仍然非常低，毕业的时候大学生仍然是抢手的，到了结婚生子需要买房子的时候，房价还是便宜的。

1999年，我以每平方米4600元的价格购买了第一套住房。我们这代人幸运地能够在合适的时间，以自己能够负担得起的成本，积累起知识和技能的储备，以及家庭财富。我们高中同学有一个微信群，群里有40多人，几乎是聚齐了全班。有了这样的联系之后，我们大体都知道老同学如今的状况。凡是能够上大学，本身也足够勤奋努力的同学，如今都有体面的工作和不错的收入，以及相当丰厚的家庭财富。我们这代人是相信“读书改变命运”的。

我们家族当中学历最高的是我的堂兄，他是我们这一辈的第一个孩子，我们都叫他大哥哥。大哥哥初中毕业时被迫结束学业，到码头当了工人。他自小酷爱读书，学习成绩十分优异，在码头干体力活期间，依旧坚持读书。他在恢复高考的第二年报名参加考试，被华东师范大学的研究生院录取，毕业后当上了大学老师。如今他已经从博士生导师、系主任的岗位上退下来，著述撰文，开坛讲课，闲时含饴弄孙。

我的一位前同事，资质平平，甚至有时候在我们看来，她不太聪明。然而，她在恢复高考的第二年参加了考试，被某部委院校的英语系录取。当时外语人才十分短缺，涉外专业的毕业生炙手可热。这位同事曾经代表所在部委，被派驻参与联合国的援外项目。放在今天来看，这样的资质和这样的学历，早已被淹没在一众“985”“211”院校当中，很难参与如此高规格的项目。

90年代中期，我们的业余生活有很大一部分被上夜校占据。那时候，各种成人夜校层出不穷，几乎每所夜校到了晚上都是座无虚席，灯火通明。年轻人以及不再年轻的人都在拼命地读书、考证、拼职称，都希望通过读书改变现况。因为发生在自己身边的活生生的例子告诉他们，要想过上更好的日子，读书是普通人可以企及的一条路径。

靠读书获得精神上的支持、生活上的指点，以及专业上的解惑，是我根深蒂固的一个习惯。每当觉得有大把空闲时间的时候，我都会想着要去学点什么。2007年，我已经在公司服务了近10年，每天的工作按部就班，轻车熟路。我只需要花三分力气，就可以把工作完成得很好，每年都能够超额完成绩效。公司发展迅速，已经强大到把竞争对手远远甩在身后。公司的建制也越来越完善，每个人都是岗位上的螺丝钉，只需要守好眼前的职责就能够为这艘“航空母舰”保驾护航。这让我觉得自己过于安逸了，所以开始想着要去做一些其他的事情。

彼时，股票市场一片红火。1990年，上海证券交易所开业，我们听着父母长辈热烈谈论股票、认购证，虽然一知半解，但知道那东西赚钱的力度极大。我同部门的小伙伴一起投入股市，想着多赚点钱。我们同事当中有一位颇为擅长股票投资，她为我们做了一张带宏功能的Excel表格，只要刷新一下，就能够显现股票的实时价格。用Excel的形式，即便不小心被领导看见，也不至于太过尴尬，比起红红绿绿的证券交易屏幕，这样的Excel表格要隐蔽得多。我们也确实在她的带领之下挣了不少钱，就宝钢股份一只股票，我在那一年就挣了10万元人民币。

可是好景不长，2008年股票市场剧烈震荡，我们仓皇出逃。失去了这样的乐趣之后，太过安逸的日子让我坐立不安、蠢蠢欲动，于是就想着要去报一个班。我在报纸上翻来覆去地搜索招生信息，看到了珠宝鉴定师和心理咨询师两则招生广告，因为心理咨询师的培训地点离我家比较近，交通方便，于是我就报了心理咨询师考证培训。经过10个月的学习，同年我获得了国家二级心理咨询师的认证，从此开始了为别人提供心理咨询的人生。2008—2018年，我在上海市心理援助热线担任了10年的义务咨询员，救助过两位企图自杀的抑郁症患者。

我和我母亲的关系一直非常紧张，这是困扰我人生的一大问题，直到现在我还没有办法完全释怀。所有的文学艺术作品都在歌咏母爱的伟大，渲染母子情深、母女情深的温馨感人。但是这一幕在我们家里从来没有出现过，我并不觉得我的母亲是爱我的。作为母亲，她尽到了喂养和教育我的责任，培养了我良好的生活和学习习惯。应该说她是一个负责任的母亲，但是她不是一个慈爱的、无私的母亲，她爱自己大于爱任何人。

我从小到大学习成绩都不错，进入社会后的第一份工作收入也很好。第一年的年终奖就有25000元，这在当时普通职工收入低下的年代，是一笔令人惊喜的财富。我一直非常努力想要在各方面做得更好，但是从来没有得到过我母亲的一句认可。她对电视剧里的精英女白领艳羡不已，却对她眼前的跨国公司高管视而不见。甚至到了我年过半百，接受自媒体采访而被更多人看见的时候，她的第一反应居然是“你是花钱请别人拍的吧”。因为这种来自血亲的无休止的打压，我内心是缺乏自信的，我一直怀疑自己是否真的像别人所看见的那么好，自己是不是个骗子。

我报读心理咨询其实也有疗愈自己的目的。在学习过程中，学员必须从相互疗愈学开始。在安全的场域里，每个人都暴露了自己的童年创伤。我终于知道，和母亲关系紧张并非绝无仅有，虽然谈不上普遍，但比例也不低，有些案例甚至已经到了相当恶劣的地步。我终于明白那些文学艺术作品中的母爱都是被修饰过的，真实世界的母女关系往往剑拔弩张，甚至鲜血淋漓。作为同性，母亲和女儿既是基因传递者，又是竞争者，这种天然的矛盾自古以来便存在。

很多年前有一部电影，是周润发和杨紫琼主演的。故事发生在一个荒无人烟的孤岛上，岛上只有母女俩相依为命。有一次，她们外出捕猎，发现了一个重伤的男人，他因事故被海水带到这个孤岛上。她们将这个男人带回家里救治。男人恢复健康后就和她们住在一起。经过长久的相处，母亲对男人暗生情愫，而女儿和他也互生爱慕。为了争夺男人，母女俩相互试探、纠缠。最终，嫉妒的母亲在目睹女儿和男人在一起后，用麻花辫将自己的亲生女儿活活勒死。

这个故事将人的社会性充分剥离，只留下赤裸裸的原始欲望。人天然渴望自己的基因得以延续，并始终为基因延续的目的不懈努力。封建社会以“孝”为先，是不允许后代超越亲代的，这种过度“尊老”事实上可能限制了后代的发展，这也是为什么与父母关系不够亲密的子女普遍有沉重的心理压力。

成为咨询师，让我知道我并非个例，于是我大大地松了一口气。

进入外企之后的学习方式就变得很不一样了。外企喜欢举办各种各样的培训，我所服务过的几家公司对员工的个人成长都十分重视。我不仅参加过包括沟通技巧、战略规划、演讲能力在内的各种培训课程，还在自己的专业领域受到了公司不计成本的培养。我在百胜担任鸡肉采购期间，到过世界上最大的4个鸡肉生产国顶级的工厂参观和学习，包括巴西、泰国、美国和中国。

从中国到巴西，一般在欧洲转机，一共两段航程，每一段航程都有将近12小时的时长。从家里出发一直到巴西圣保罗的酒店，要足足30小时。路上的辛苦自不必说，公司为此付出的经济成本也是巨大的。直到现在，我仍然对百胜心存感激，没有当年公司的栽培，没有当时高管层对人员发展的重视，绝对不会有我今天的成绩。

在工作中，我不遗余力地抓住任何学习的机会。我向供应商请教，和技术部的伙伴一起出差，问他们各种各样的问题，还请求他们给我们开设扫盲课程，教授肉鸡养殖、饲料加工的知识。后来央求财务部门教授我会计常识，央求法务部律师们教授我采购人员必备的基本法律知识，等等。这些课程不仅让我自己获益，也让我们采购团队成员扩展了认知圈，收获了更多的工作技能。

学习的另一方式就是教学相长，截至目前我最喜欢的一本书是史蒂芬·柯维的《高效能人士的七个习惯》，毫不夸张地讲，这本书是对我一生影响最大的一本书。

百胜中国围绕这本书开设了为期三天的课程，斥巨资从台湾请来了培训团队，对公司中高级管理人员进行培训。

我非常幸运，不但参加了培训，而且被遴选为企业的内训讲师，参加了这一课程的内训讲师班，通过考试成为这门课程的企业内训讲师之一。因为要讲课，所以我必须对课程的内容、作者想传达的思想以及在学习之后如何应用于日常工作和生活等方面都有更多的了解、思考和内化。因为要讲课，所以不得不更深入地学习。

随着职级越来越高，团队成员的人数也越来越多，我需要随时随地就一件事情和伙伴解释前因后果以及背后的基本逻辑，还需要不断地去总结发生问题的根本原因，要明白在哪个基本环节上出了问题，找到这个逻辑点并去纠正，以便团队可以举一反三，从而杜绝类似事情的再次发生。这是我们在工作当中的学习方法。

我想不会有人比我更幸运了，可以在40多岁的时候跨行业加入知识付费赛道的樊登读书团队。在那样的环境中，我不得不去大量地阅读。阅读不但是为了了解我负责销售的产品，更是为了在公司内部无障碍沟通。樊登读书的工作会议上，伙伴常会引用某本书上的金句或名言，如果没有阅读过这本书，我连最基本的沟通都会出现困难。在不得不大量阅读的这段时间里，我的阅读量和阅读面急速增加和扩大。我甚至读了《相对论》，你能想象我是一个从高一开始数学就不及格的文科生吗？

我印象最深刻的一本书是《零边际成本社会》，这是杰里米·里夫金对未来社会的预测。他提出："能源、物流和通信方式这三个领域发生的重大技术变革，将推动生产力和生产关系的重构，从而影响整个人类社会。"

这个论述给了我非常大的启发，让我能够摸到人类社会进步的脉络，让我学习到一种可能性——在找不到答案的时候，可以看一看人类是如何走到今天的。

2021年，MANNER咖啡的估值上涨到令人咂舌的每家店1亿元人民币。咖啡圈沸腾了，咖啡品牌也立刻成了资本追逐的对象。不过两三年光景，咖啡连锁的估值就跌到了0.8 ~ 1.0倍PS（Price to Sales，股价计算法则），从"香饽饽"一下子变为"万人嫌"，咖啡赛道的创业者举步维艰。一个毕业于清华大学经济管理学院的"95后"女孩找到我，想一起探讨一下咖啡创业的未来走向。我坦言自己并不知道，并且和她一样也在寻找答案。我唯一知道的是，要结合最新技术去提升生产力，要往去中心化的方向规划生产关系和产销关系，这是我从《零边际成本社会》中学到的。至于如何落地，我和她相约一起从咖啡市场的发展历史中去发掘线索，这是我从达利欧的《原则》、戴蒙德的《枪炮、病菌与钢铁》中学到的。

另一本对我帮助极大的书是周濂老师的《打开》，这是一本关于哲学的科普读物。我们上大学的年代奉行实用主义——学好数理化，走遍天下都不怕。哲学沦为那些考分不高的同学的不得已之选。我记得当年同一批被分配到外滩26号的毕业生中有一位是复旦大学哲学系毕业的。在我们一众专业对口的学生当中，他显得格外落寞，我们每个人都可以用流利的英语和外商交谈，他却只能给外销员当个后勤。

站在当下这个时间窗口，我惊觉哲学的意义——哲学是超越任何其他实用学科的，哲学是人类对真理的追求以及对宇宙运行规律的探索，是认知和发展人类同宇宙的关系、人类同社会的关系，以及人同人关系的一门学问。哲学既是人类的慰藉，又是人类思考的利器，是科学的起源，是宇宙真相的入口。

书是人类智慧的结晶，通过读书和其他形式的学习，我们如同站在前人的肩膀上，可以拥有更广阔的视角，看到更远的未来，我们的所思所想所观能够更接近于真理，从而远离蒙昧。

我知道，上面关于读书的论调显得有些老旧和陈腐，是的，我曾经同样地对这些“陈词滥调”不屑一顾。我们这代人见证了“读书改变命运”的现实，如今虽然读书未必能逆天改命，但这并不意味着就不需要读书了。任何人都无法一直陪伴着我们走完人生的旅程，大多数时候我们需要一个人走下去。没有人是足够坚强的，人总会是有软弱和胆怯的时候。而书，承载了古往今来所有最优秀人的智慧，读书就如同人类所有最智慧的大脑都在为你出谋划策，还有比这更荣耀的事情吗？

翻开一本书，寻找那段让你心头一颤、浑身发麻、如电流通过全身的文字，这就是你的解题密码。读书和终身学习是我一生的信仰，在无人支持时，引领着我慢慢向前。

爱自己是终身浪漫的开始

欧莱雅有一则广告，画面上巩俐微扬起下巴直视你的眼睛，将一瓶欧莱雅的产品递到你眼前，轻启朱唇霸气地说了一句“欧莱雅，你值得拥有”。这句话击中了无数女性的心，隐含的意思是：我们的产品是如此高贵，而你也是如此宝贵。宝贵的你只有高贵的欧莱雅产品才能配得上。

消费主义盛行的年代，“爱自己”成了很多品牌营销最常用的文案。就连街边小店的老板娘在看到客人犹豫不决时，也总会垫上一句：“女人啊，就是要对自己好一些。”这句话通常能够击垮捂住钱包的最后一道防线。“爱自己”本是心理学范畴提出的一个观点，但被运用得最泛滥的却是服装、饰品、美容行业，异化成追求奢侈消费的借口。

爱自己无关外物，爱自己就是认可自己本身的价值。这种价值并非来自他人的认同，也不在于你的社会角色是什么，更不在于你挣了多少钱，在事业上取得了怎样的成功。这种价值与生俱来，生而为人的你天生宝贵，如同一朵花、一棵树、一尾鱼、一羽鸟，作为大自然的一部分，生来就具有价值。

我不喜欢“接纳自己的不完美”这种说法。我认为每个人生来就是完美的，除了少数人天生残缺。初生的婴儿犹如一个全新出厂的最新款奢侈品，新鲜、独特。我们之所以认为自己不完美，无非是在和社会风向做比较，和自己的期待做比较，和他人（尤其是亲近的重要的人）的期待做比较。

倘若我们所看重的，或者他人所要求的特质未在自己身上显现，我们往往会陷入失望。奇怪的是，没有人会要求茉莉拥有艳丽的花瓣，不会期待天鹅拥有豹子般的速度，而我们会期待一个人、一个自然的产物，能够按愿望生出某种特质。在注定要失望的时候，我们又发明出来一个说法：“原谅自己的不完美。”

爱自己不仅要接纳自己，还要远离消耗你的人和事，选择能够滋养你的人和环境。

首先要远离的是消耗你的工作。一份工作如果不能保障你的基本生活，不能让你持续获得正向反馈从而感受到继续投入的热情，那就不是一份可以滋养你的工作。这种滋养因人而异。我的好友张宁（好特卖联合创始人），从汶川大地震志愿者开始，连续10年全职从事公益事业，其间的收入仅为一年5万元人民币，这在上海这样的一线城市，仅可吃一口饱饭。而在投身公益事业之前，他的收入是从事公益工作的数十倍。我问他是什么支撑他坚持这么久的。他说他做公益的每一秒都能感受到喜悦。

我从2008年开始在自杀干预热线担任了10年志愿者，其间救助过两名抑郁症自杀患者。当时的感受也是无比喜悦。而更多的时间花费在疏导各种人格障碍的患者上，这让我感受不到价值。不要误会，我完全没有轻视人格障碍援助工作的意思，也并非宣扬“英雄情结”——仅仅对重大的结果感兴趣。我只是坦白地陈述自已的真实感受，同样是公益，我没有从这件事情中接收到足够的正向反馈，因而感受不到“每一秒都是喜悦”。

每当眼下的工作已经轻车熟路，逐渐失去挑战性，我就会生出换工作的念头。我知道自己的驱动力量是“成就感”，当一件事情让我觉得缺乏成就感时，它对我就缺乏滋养了。我的应对措施是，给自己创造新的挑战，或者开发一项新的业务，或者加入一家看起来更需要“创造者”的公司。

虽然百胜的薪资待遇和发展前景都领先于同行，但我还是义无反顾地加入了一家规模小数十倍的本土企业，负责更大范畴的供应链端到端业务。离开百胜的时候，Sam（苏敬轼，时任百胜中国CEO，百胜全球副董事长）对我说：“不是所有的事情都需要试过以后才知道不行。”

我不得不承认，他是对的，对未来发生之事，可以从底层逻辑去推测概率大小，小概率成功的事情，从投资回报的角度来看是不值得尝试的。只是，投资回报对于不同的人是不一样的，挑战可能对当时的我滋养更大。

当然，选择滋养自己、提供及时正向反馈的工作并不意味着一定能够获得长期的、更大的成功。恰恰相反，放弃一部分及时正向反馈，坚持在大概率事件上“熬”，对追求更大的成功是有利的。这可能也是我没有在职场上走到顶端的原因之一吧！

与此同时，还有远离消耗你的人和事。识别消耗你的人并不难，索取远大于给予，持续打压你、贬低你、无视你的价值的人都该远离，无论是父母、老板还是伴侣，关系越亲近的人有时往往越该远离。

我一位亲戚家的女儿在上海工作，一个人租房居住，生活井井有条。姑娘患有轻度的抑郁症，经常吃药，年过四十还没有结婚成家。她远在老家的父亲为这个女儿很是操心，眼看着嫁人无望，于是挖空心思为女儿寻求“保障”。当他得知精神残疾可以获得国家补贴时，居然逼着女儿去开证明。女儿不从，这位父亲异想天开地打电话联系上海的亲戚，要求亲戚帮忙雇用身强力壮的男子，将女儿绑去医院。

这种骇人听闻的事情，居然在富庶的江浙地区依旧存在，我不敢想象，在更偏远闭塞的地方，女孩子会受到何种欺凌。但是这个女孩非常冷静，果断换了手机和门锁，断绝了和老家的往来。

爱自己要活在当下，向往未来。如果你曾经犯过错，做过傻事，为此耿耿于怀、内疚自责，甚至自我否定，那么我可以告诉你：这世界上所有的人都犯过错，都有过不可触碰的伤痛，我也和你一样。有些错尚可弥补，有些则无法追溯。在有些事情中你可能是受害者，而在有些事情中你也可能是加害者。无论你因为被伤害而委屈愤怒，还是因为伤害了他人而内疚自责，你都不能停留在过去，应该带着伤，往前走，成为一个需要疗愈的成年人，而不是成人躯壳下停止成长的灵魂。

“有人用童年治愈一生，有人用一生来治愈童年。”童年基本无法由自己选择，所幸我们仍有机会从亲密关系中获得救赎。人生而完美，保持滋养便可尽量保持原生的美好，让自己尽可能地得到滋养，这就是爱自己了。

爱自己的同时也不要忘记爱别人，但最终人还是要和自己相处，爱自己才是终生浪漫的开始。

与其仰望星空，不如脚踏实地

某日，微风不燥，月色溶溶，我忽然觉得生活如此美好，人生应了无憾事了。于是我问先生：“你还有什么未实现的梦想吗？”

先生显然对这个问题很感兴趣，眼神热切地打算分享一下他的想法。刚张开嘴，话还没出口，我又补了一句：“违法乱纪的不算。”

先生的脸色立刻暗了下来，快速回答道：“那没有了。”

男人的梦想，大抵就是妻妾成群或飞来横财吧。

我们这一代人对于梦想是不执着的。我小学时想学唱戏，爸妈早就看出来我没有当戏曲演员的身体条件，于是明里暗里地打压我蓬勃的念头。到了中学，译制片风靡，我的普通话比较标准，声音有辨识度，于是又萌发了当配音演员的想法。

这一次我是认真的，不仅去参加了艺术培训班，还找到了北京广播学院在上海的招生点。但班主任认为艺考的成功率极低，于是拒绝给我开介绍信，要求我专心准备文化考试。被按下了蠢蠢欲动的心，我只能埋头苦读。我最喜欢语文课，以为自己将来应该会从事和文字强相关的职业，但那时对外经济贸易的就业出路更好，于是我毕业后进了外滩26号的外贸公司。

我先生一心想当个白衣天使，他倒是填报了医学专业。可惜高考失利，一度以为会没有学校要他，但是他在报纸上找到一条招募男模特的广告，想着如果从医不成那就去从艺吧，好歹有份工作。当然最后他没有当成模特，而是终身从事食品危害分析工作，和实验室打了一辈子交道。

梦想就是这样在现实中节节败退，对年轻时的我们来说，考上大学，找个能挣钱的工作，便是成功。至于那是什么样的工作，自己是否喜欢，这些和薪资待遇、行业前景、社会地位比起来根本不值一提。

没有梦想的我被命运推搡着往前走，所幸我能够对沿途遇到的所有功课都倾尽全力。也正是因为这份懵懂的全心投入，让我能够爱上自己所做的事情，能够感受到自己内心的强大动力，不需要梦想，不需要那些明确的目标，依然能够自我激励，自发地热爱自己正在做的一切。

李老板是我们公司的咖啡师，今年30岁出头。他的父亲靠一技之长挣得了第一桶金，改变了全家人的生活环境，于是他笃信“知识改变命运”，苦口婆心劝告儿女一定要好好读书。李老板不以为意，他觉得读书虽是必要，但读到够用就行，寒窗苦读考大学就算了。他中学毕业后学了机修的手艺，从老家到北京当了一阵子“北漂”。

主顾当中有一个“老炮”，开了一家咖啡馆，两层楼，装修得很有格调。“老炮”酷爱机车，常把店门一关就开着车到外面旅行，一走就是好几个月。再回到北京时，就在自己的咖啡馆里接待朋友，和大家分享路途见闻。李老板很欣赏“老炮”的潇洒不羁和丰富阅历。

李老板说，他的梦想就是开一家机车主题的咖啡馆。

可是李老板目前还在我们店里当店长。我问他，你还执着于你的梦想吗？他回答道：“当然啊，我再攒点钱，攒够了就去过自己想要的生活了。现在，还差一点。”

李老板是有梦想的，于他而言，梦想只能是用来追求的，如果一生都没有为梦想真正努力过，梦想就沦为了人生的装饰品，毫无庄重可言。他正在追求梦想的路上。

咖啡公司的其他年轻小伙伴都说自己拥有梦想，同时他们都声称梦想并未实现，而且也无意继续追求。他们认为客观条件不允许，现实问题重重，因此选择了放弃。

现在的年轻人虽然拥有更多的选择，但也许依然和我们当年一样背负着生活的压力和家庭的期待，因而不得不将梦想放在次要的位置。他们觉得梦想还是要有的，但不必过分执着，如果感到梦想无法实现，就不应该再勉强自己，而是应该放下梦想，避免将梦想变成执念甚至怨念。执念是不明智的，是不能放过自己的一种表现。

他们聊起梦想的时候有一种隐忍的激动情绪，似乎不忍多说，又似乎在假装洒脱，让我嗅到一丝不易觉察的疼痛。也许现在的年轻人和我们当年不一样，我们当年在更高的薪资、更光明的前途面前选择放弃梦想时是毫不犹豫的、义无反顾的，丝毫不感到可惜，我们是没有梦想的一代人，而他们是对梦想心存眷恋、心怀遗憾的一代人。

我的年轻伙伴对于人生梦想显然更加珍惜，他们会因为放下梦想而感到难过，哪怕眼下的选择能让他们在物质上更加丰饶。在人生基本所需不再匮乏的时代，精神层面的追求获得了更高的优先级，哪怕是那些已经被放下的梦想，也仍然是疲惫生活的点缀，是心里不灭的热情。怀抱梦想，是一种幸福，它代表着有追求、有希望，让人活在期待之中，内心充满蓬勃的生命力。然而，没有梦想也并无大碍。关键在于，我们的生命力是否依旧鲜活，是否拥有强大的内生动力与自驱力。

关于梦想的话题，我向身边年轻人提出的最后一个问题是：你们曾为自己的梦想付出过什么样的努力？出乎意料的是，几乎所有人都沉默了，想了很久，他们承认，自己为梦想付出的努力其实可以更多。

我曾在一段培训课程中，为自己写下了一段墓志铭，希望成为一个热情、美丽、博学的人，成为所遇之人的良师益友，传递正面的影响力。如今看来，这或许便是我自己都未曾察觉的梦想。在生命终结之时，人们往往更关注一个人的品质，而非他取得了多大的成就。

我想我大概早就明白了，只是我自己不知道自己已经明白了，品质可能是我更看重的东西。

如果一定要说梦想的话，我的梦想也许就是能够对人有一些正面的影响力。我觉得我似乎已经做到了一些，但这个“梦想”竟没有办法去证明它是否已经被实现了，因为这是一直要做下去的事情。

爱情脆弱，爱却坚韧

我见到过爱情，却很少见到爱。

爱情的发生犹如一场重感冒，来和去都毫无征兆，不打一声招呼。你只知道爱情就在人群中，但你无法预料会在何时、何地，以何种方式遇见爱情，你甚至不知道自己究竟是否会遇见爱情。当鼻塞、头痛等症状出现时往往证明你已经中招了。

刹那间的电光石火，奇妙的激素变化会让人魂不守舍、心醉神迷，长时间处在亢奋状态，敏感又脆弱，患得患失，时喜时癫。这种强烈的情绪起伏是人体激素分泌导致的。正因如此，激情容易在18～24个月后消退，归于平静，这不过是生理现象，目的在于繁衍后代，是自然赋予人类的本能。

古往今来，人们将爱情渲染得过于伟大、过于神圣，以至于忽略了其人类自然属性的本质。出于对生殖的崇拜，人类美化甚至神化了这种激情的爱情。文学艺术的发展又赋予了爱情诸多社会意义和精神象征，如冲破封建礼教、追求自由平等。

你或许注意到，那些传颂千古的爱情故事，像罗密欧与朱丽叶、梁山伯与祝英台，它们共同的特点都是受到了外界的阻碍与反对，最终通过彼此的牺牲，以激烈的方式进行抗争。文学作品借由爱情故事，阐述落后的社会规制的不公和对人性的摧残。而爱情故事是激发公众共鸣的最好载体，文学家借着男女情爱来传达他的思想。

2012年春天在杭州开高管工作会，会后安排大家观赏《西湖印象》，由于没有中文翻译，我不确定来自荷兰的CEO司马翰（现任联合利华全球CEO）是否能看懂这场演出。结果他只用了几个简单的英文单词就把剧情解释得明明白白。这些千古传唱的爱情故事，既是歌咏男女情爱本身，更是抨击封建制度对人性的禁锢。

爱情可以降临在差异悬殊的人之间，发生在意想不到的地方，有的爱情发生得不合时宜，不符合主流道德标准，因此被认为“错”的。可是对于爱情的发生，人既无法防备，也无力抵抗，不管你意志多么坚定，品行如何高尚，都无法防备“错误的爱情”降临到自己身上。我对婚外恋、多角恋爱的当事人是持宽容态度的，免疫力再强的人，一生当中也总会有几次“感冒”。当然，那些积极主动寻找婚外对象的人除外，这是明知故犯，不能原谅。

小V已经在美国定居好几年了。她来找我辞职的时候，我颇感意外。她的丈夫是一名健身教练，平时会接触不少女性学员，一来二去地就和其中一位来往密切起来。不知道小V用了什么方法，她准确地定位到了他们的约会地点，于是在妈妈的陪同下前往现场，把丈夫带回家……小V的丈夫疼爱女儿，也对小V怀有感情。为了帮助丈夫戒断恋情，小V决定举家搬迁到万里之外。

感冒好转需要一到两周，激情消退需要12～18个月。治疗感冒没有特效药，只能静静地等待自愈。要想好得快，就需要卧床静养几天，大量补充维生素、蛋白质。爱情也是如此，了结一场不合时宜的爱情，最好的办法是耐心等待自愈，当然隔离也会产生一定的效果，但归根结底还是要调动起自己的免疫力。爱情的发生无法阻挡，但我们可以选择和控制爱情发生以后自我的行为。

斯蒂文·科维在一次演讲结束后被一位男子拦下，并引发了如下对话。

男子："我发现我不爱我太太了，你说我该怎么办？"

斯蒂文："那你就去爱她。"

男子："不，难道你没听明白吗？我是说我不爱我太太了。"

斯蒂文："是的，所以你就去爱她，爱是一个动词。"

相恋的两个人的状态如同微醺，似醉非醉，看对方都蒙着一层滤镜。激情消退后，日子归于平静，生活中琐碎、枯燥、毫无浪漫可言的细枝末节露出水面，慢慢长成细细的牙齿，啃噬着爱情中建立起来的情感联结。有人曾说过：“婚姻如果不落实在生活琐事中，终是不牢靠的。”

爱情唯有转化为爱，才会更加牢固和持久。

戴安娜·阿西尔在她89岁所著的《暮色将尽》中，描述了自己最后的性伴侣，在对方病重无法自理时，她自然而然地承担起了照顾他日常生活的责任，喂水喂饭、清理粪便，心中并无一丝厌恶。这种从爱中生长出来的责任，正是生活最自然、最真实的写照。

爱是接纳和支持，是你为对方做的一件件大事小事，全然没有爱情的心醉神迷，只有付出和忍耐。世界上最常见的爱存在于父母和孩子之间，那是无条件的包容和支持。恋人或夫妻之间发展出这样的爱的其实并不常见。

人的本性是自私的，本能就是先保护自己的利益，要求两个没有血缘关系的成年独立个体在短时间内发展出无条件的包容和支持，我认为非常困难。父母爱子女，因为子女是自己基因的延续，父母心甘情愿地牺牲自己的一部分去成就孩子，这是为人父母者的天性使然。而让两个独立的成年人牺牲自己的一部分去成就对方，则是对人性的考验。

然而，在我的观察中，度过中年危机后的夫妻反而有很大概率发展出“无条件的爱”。这大概是因为中年阶段的夫妻已经一起生活了大半辈子，共同利益远大于分歧，支持对方对自己的好处也更大，即便需要自己做出一定的牺牲来成就对方，此时的牺牲对自己的风险也比较小。

小时候我常看见一对老夫妻手牵手从我家门前路过。一次我指着这对夫妻对外祖母说：“你看，他们那么大人了为什么还要牵着手走？”外祖母说：“那是因为一个人已经走不动了。老夫老妻，其中一个人的身体都会成为另一个人的一部分。”

外祖母曾经中风过一次，需要每天挂点滴。为了方便照顾，二姨把她接到自己家附近的中心医院诊治，而外祖父留在自己家里由小舅照料。一天外祖父突然出现在外祖母的病房里，让大家感到非常震惊。老先生当年已经90岁了，没有告诉任何人，自己转了三四趟公交车，一个人从浦东金桥辗转到新静安，路上走了3小时，只为了看一眼老太太。

外祖父母是包办婚姻。外祖父年轻时玉树临风，又颇有家资，投怀送抱的女人始终没有断过，外祖母在很长的一段时间里坚持不懈地守卫“领土”，亲自打跑的“小三”不止一个。我说的打，是真的动手打。他们结婚70年，爱情也许有过，也可能从来没有过，即便有也早就不在了。但爱，却在晚年的时候被我们看在眼里。

爱情是脆弱的，婚姻是功利的，我看到过爱情，却鲜少看到爱，那是为数不多的人性光辉之处。

答案有时就在
人生的来处

年龄到了，是不是就要将就着嫁一个人？

我可以很肯定地说：不是这样的。身边许多单身的优秀女性，经常会感到惶恐的原因大多来自父母的催婚。我们做事做人的标准，出生地已经为我们勾画好了。我们每个人都有自己的“根”，而这个“根”与家族紧密相连。尽管40年的独生子女政策让城乡家庭都趋于小型化，亲戚和家族关系远不似从前紧密，然而看似鲜有往来的一群人，却有着不易察觉的根源上的羁绊。脱离出生之地在大城市打拼的“小镇做题家”，不论走得多远，攀得多高，也常会觉得自己不同于老家的生活方式是对家族和父母的背叛。

在一些家庭中，家谱是不可或缺的存在，它记载着家族的历史，那些美好的事迹被传颂，而不良行为被剔除。功成名就的子孙会被家谱浓墨重彩地刻画，而那些触犯国法家规的，则连名字都不会出现在家谱上。

家谱虽然如历史一样，是个“任人打扮的小姑娘”，但大抵能反映出家族的兴衰荣辱。通过家谱的记述，我们可以追溯自己的来处。过去女孩子不被列入家谱，但现在社会逐渐开明，许多家庭也开始将女孩的名字写入家谱了。

我的祖父母来自浙江山区的一个小村庄。我父亲虽非出生在那里，但他对故乡的眷恋深沉而炽热。他心中怀揣着一个愿望，那便是离世后能够归葬于浙江的群山之中，与他的祖辈们共眠。此外，他亦热衷于修缮族谱，致力于维系家族的血脉联系。

对于老家的亲戚，我父亲也与他们保持着紧密的往来，给他们钱，送他们礼物，尽管他们的生活远谈不上贫穷，也根本不需要经济上的支持，但自觉自愿地付出似乎是我父亲改不掉的习惯。

我父亲一度希望我和老家的亲戚保持热络。然而，我们的生活方式、眼界和生活的半径都截然不同，这导致我和他们之间存在一道难以逾越的鸿沟——没有共同语言，没有沟通的基础，唯一的交集——祖父母已经离开我们四五十年了，记忆的碎片已经经不起多少次共同追忆和咀嚼。

对于我与老家之间的这种断裂，我并无愧疚之感，但我能感受到我父亲的失落。同一个祖父母的大哥哥——我的堂兄，还有我的堂姐和堂侄、孙辈们，相互之间还是来往频繁的，“家族”于我们就是我们这些人，随着祖父母越走越远，对于“老家”已经全然无感了。

国学中常提到，我们应该从祖先和前辈中汲取力量，从根源处寻找精神的支撑。中国社会是以血缘关系为基础的，儒家的人伦秩序是除君王外，其他人还都按长幼来确定尊卑。若儿子与老子理论，儿子还未开口，就已经错了。

中国社会将孝顺视为至高无上的美德，这无疑对社会稳定起到了巨大的作用。然而，从生物学的角度来看，我认为这是与自然规律相悖的。在动物世界中，年老体弱的个体，若无法适应生存，往往会被族群遗弃，以便整个族群可以轻装前行。这是自然的选择。

人类生活的高度社会化使这一问题变得复杂，进而上升为伦理层面的讨论。至于其中的是非对错，实在是难以判断。总体上，我认为人类社会始终是在不断向前发展的，文明的发展需要的是创新而不是保守。

老一辈的人为新一代的人铺路架桥，为他们创造更好的条件，让他们可以站在前人的肩膀上去探索更广阔的世界。当新一代人成为社会的主角时，老一辈人就要退到次要的位置。我认为这是生物进化的自然规律，是理所当然的事情。

“老”不是一个年龄的概念，而是对现时社会的适应性和价值大小的一种考量。

虽然常言道“不听老人言，吃亏在眼前”，活得更久的人的确经历过更多的事情，其中一部分人能够从经历中学会思考和总结，并形成深刻见解，发展出对事物的洞见。这部分人的社会价值随着年龄的增长而日益提升，这样的“老人言”必须认真听取，谨慎对待。

然而，这种洞察力并非随着年龄的增长就能自然生长出来，大部分老人只有经历，而没有“经验”。他们的认知可能已无法适应新时代的挑战，他们的“老人言”反而是年轻人的阻碍，是压制。因此，在对待“经验”时，我们应持辩证态度，既要尊重和学习，又要敢于质疑和创新。

当前社会结构正经历着深刻的变化，与费孝通笔下的《乡土中国》所描绘的已然大不相同。人的迁移能力日益增强，这导致许多优秀的女性与她们的老家亲人在思想、见识、精神维度以及物质生活要求上出现了难以弥合的裂痕。

面对这种情况，我们应审视哪一方代表着更先进的文明，而非仅凭年龄或传统来评判。所谓更先进的文明，是指与当下生活融合得更好的文明形式。我曾读到过一句颇为功利却也不无道理的话：“如果你的长辈或父母是富人，那么他们的建议或许值得一听，因为他们可能更了解社会的真相和生存之道。然而，若并非如此，那么他们的建议或许只需听听便罢，因为失败的人生经历不能转化为有价值的建议。”

对于这些优秀女性所经历的挣扎和痛苦，我深感同情。一方面，她们与家乡有着深厚的情感联结，那是她们的根，割舍不掉；另一方面，她们也可能因此承受着传统观念所带来的愧疚感。我鼓励女性群体勇往直前，不要为过去所牵绊，传统观念本身也在迭代和更新，“君君臣臣父父子子”的伦理纲常已经被时代淘汰了，一切都是朝着更适应人们生活需要的方向转变的。落后于时代的认知不应该也不能束缚你们——代表着未来和希望的年轻一代，因为希望即真理。

辑三 你想活出怎样的人生

生活是自己的，与其他人无关。

如此想来，便觉得世界是如此辽阔，

我在自己的世界里上下探索。

每个人的人生都是独一无二的

我在百胜工作的时候，公司有一项经营哲学叫作“成功之道”。CEO相信成功是有方法可循的，找到成功的方法并且将其复制，就能积小胜为大胜，进而取得傲人的成绩。公司还鼓励员工做“造钟人”，将实践中曾经被证明行之有效的方法变成制度，让每个人都能方便地复制已经被验证的成功经验。我曾经对此深信不疑，也曾因为建立了某个“方法”而被授予过“造钟人奖”。在之后的工作历练中，我发现，所谓“可复制的成功之道”和其他所有理论一样，只在某些情境下有效。

我们推动一下秋千椅，便可以让它摆动起来，用的力气越大，椅子荡得越高。下一次我们重复这样的动作，想荡得更高的时候便更用力一些，每一次都可以得到相同的结果。我们将桃核埋在土里，施肥浇水，春天发出芽来，夏天长成苗，三年后结出果实。朋友看到后，也在春天于自家院子里埋了一颗桃核，一样地施肥浇水，甚至用了同品牌的肥料和水壶，到了夏天，却没有看见桃核发芽。

机械性的事物，我们可以期待它重复的成功，而生物态的事物，复制成功是难以做到的，因为影响因素过多，有些因素甚至至今未被人类认识到。而世界上大多数有意思的事情都是生物态的，比如企业，比如人生。

1987年肯德基进入中国，开启了长达几十年的扩张神话，稳稳占据着中国连锁餐饮行业的第一把交椅，其母公司百胜集团也成为中国餐饮连锁行业的翘楚。彼时市场只有肯德基和麦当劳两大品牌，两家都埋头开疆拓土，不惜长年持续投入，成为市场的主导品牌。1998年进入中国的星巴克也是沿用了相似的战略，连亏10年拿下30%以上的市场份额。肯德基和麦当劳用10年的亏损换取了市场头部的地位，之后开始逐步赢利，如今早已赚得盆满钵满。星巴克也因为一度没有竞争对手，在连续亏损10年之后开始了爆发性增长。然而，星巴克却不像肯德基和麦当劳那般幸运。

2017年，瑞幸咖啡横空出世，高调宣布以“任意空间”的概念打破“咖啡第三空间”魔咒，并大肆低价揽客，迅速攻城略地。随后的5年里，皮爷咖啡首店落地上海，MANNER、Mstand、百分百等各路“英豪”纷纷登场，开启了咖啡品牌群雄逐鹿的时代。2022年，曾经“独孤求败”的星巴克终于在内忧外患之下失去了行业“老大”的地位，屈居瑞幸咖啡之后。

皮爷咖啡首店落地中国时，曾直接对标星巴克，不仅照搬了全套厨房设计，还建立了类似的组织结构，对于持续亏损和龟速扩张也抱持宽容的态度——以肯德基和星巴克的经验，先亏10年也属正常。皮爷咖啡最初的定位是“轻奢咖啡”，门店风格比照LADY M的“贵妇气质”，定价比星巴克高2～3元。然而，同时期出现的瑞幸咖啡砸开了咖啡下沉的通道，开启了平价咖啡的时代。皮爷咖啡不得不迅速变相降价，并开始提升拓店速度，不再迷信“豪亏10年”的扩张策略，制定了短期内达到盈亏平衡的目标。

在竞争环境、顾客偏好、审美风尚都发生巨大变化的情况下，复制曾经让肯德基取得成功的方法，已经无法让皮爷咖啡取得成功。再伟大的CEO，也很难复制自己，能够连续两次成功的企业家屈指可数，能够被人记住的大概只有稻盛和夫了吧！稻盛先生创办了京瓷和KDDI两家世界500强企业，之后又挽救了濒临倒闭的日航，使之在半年内扭亏为盈，稻盛先生也因此被尊为“经营之神”。

人生和企业一样，是生物态的。每一个人只能活一次。一个人一生中遇到的人和事，都局限于个人的经验范畴之内，而世界是如此丰富多彩，纷繁复杂。

一个人无论活了多久，经历了多少事情，其生活的宽度、高度和长度仍然是十分有限的。尽管人与人之间存在差异，有些人的生活宽度可能更广一些，但没有任何人的宽度足以涵盖所有，每个人都有局限性。

我初入百胜的时候才24岁，莽撞幼稚，天真好学。那时的主管在我眼里如同神人，他们的处事智慧和人生经验都令我折服，如今他们在我心中依然如星辰般闪耀，我常向我的晚辈后生提起。

令我讶异的是，与我同时期共事的一些较我年长的同事对同一位主管的评价却大相径庭。这种差异提醒我，每个人基于自己的经历和理解，对同一事物的看法都可能截然不同。

随着岁月的流逝，到了我现在的年龄，我再次审视在百胜那段岁月里的人和事，心中依然对当年的领导充满敬意。与此同时，我也开始发现，他们的某些观点和想法，我已不再完全认同。这种不认同，并不意味着我对他们的尊重有所减少，而是我成长的体现，让我更加理解世界的多元和复杂。

这个变化让我认识到，即便一个人的人生达到了足够的高度，也都是基于自己的经历和理解去看待这个世界的，其观点和价值观都受到自身经历的限制。这个世界上根本没有人有资格成为另一个人的人生导师，因此，我在探索女性成长这个主题时，最多也只是分享自己的成长经历、思考和感悟，或许可以在某些生活领域或某个事件中，凭借更多的经验给予他人一些启发和建议，但无论如何这无法成为某种普遍的人生指南。我深知自己的局限性，我不希望被误解为自己能够指导他人的人生道路，因为没有人能够完全理解和指引另一个人的生活。

我觉得经验分享对消除未知的担忧和恐惧是有帮助的，但是所有的经验分享都只是他人眼中的真相，这些真相是基于个人的人生境遇所得出的结论，对于其他人而言，最多是真相的一部分。经验本身没有太多价值，无法被另一个人直接取用，只有通过经验学习得出一些普遍的规律，洞悉出对事物根本性的思考和推论，才是更有价值的、值得被称为人生指南的东西。

我们常建议孩子多读经典名著，不仅是因为这些作品的文学地位，也是因为作者文字技术高超，更是因为“亘古不变”。经典之所以成为经典，是因为其具有普遍性——它揭示了人性的本质、社会的底层逻辑，也揭示了深层次的矛盾，这在任何时代都能引发共鸣与深思，“经典”也因此长盛不衰，成为经典。

古往今来，人性的核心特质大体相同，人在本质上是欲望的集合体，满载着各式各样的渴求。我们饿了要吃，困了要睡，渴望财富，追求名利。与此同时，人性又非常脆弱，不但贪婪，想要多多占有，而且会恐惧，贪生怕死，也会懒惰，喜欢不劳而获。人与人之间的冲突、自我与本我之间的冲突，无一不是由贪婪、恐惧、懒惰引发的。

一年前我到访日本静冈的盛和塾，见到了稻盛先生的大弟子，听他分享“六项精进”。稻盛先生认为，“六项精进”是做好企业经营所必需的基本条件，也是我们在人生中必须遵守的基本条件。“六项精进”指的是：付出不亚于任何人的努力；要谦虚，不要骄傲；要每天反省；活着，就要感谢；积善行，思利他；忘却感性的烦恼。

稻盛和夫说：“如果我们每天都能坚持做到‘六项精进’，我们的人生必将更加美好，甚至超乎我们自己的想象。我自己的人生就是如此。”

稻盛和夫之所以能够两次重复他的成功，一定是掌握了真正的“成功之道”。这些“道”不是某个速成公式，而是需要时时刻刻身体力行的、大道至简的、放之四海皆准的真理。对于所有生物态的事物而言，这些原则才称得上是可复制的“成功之道”。

这样的成功之道看起来非常简单，做起来却十分不容易。仅“六项精进”的第一条——付出不亚于任何人的努力，就有90%的人无法真正做到。比这个更难的，是我们不知道成功的回馈何时到来，在努力了一段时间之后见不到成效，我们就会气馁，进而懊丧，甚至放弃。道理人人都懂，世界上最远的距离是“知道”和“做到”之间的那道鸿沟。

如果真的要说有什么可以同年轻女性分享的“人生指南”，我想只有一句，那就是——但行好事，莫问前程。

拥有尝试的勇气

我父亲一直批评我没有常性，做事情三分钟热度。我觉得他说得很对，我喜欢尝试不同的事情，对我来说，人生就约等于体验，体验越多，人生就会越精彩。当然，也容易一事无成，就像我现在的样子。

但人生也不只有体验，人还需要实现自我价值，这就不得不谈一谈选择和效率的问题。人生短暂，即便以百岁为期，也不过区区36000天。每日24小时的光阴对每个人都是公平的，要想取得超越一般的成绩，就需要提高效率，而高效率来自聚焦，要决定做什么和不做什么。选择，比单纯的努力更为重要。

如何做选择与一个人的人生目标紧密关联。你的人生目标是什么？什么东西能够带给你幸福和快乐？很多人都在探寻人生的意义，而我认为胡适先生的观点尤为深刻——人生本身并无固定意义，而是你所做的每一件事，赋予了它意义。对于我而言，没有什么比幸福快乐地度过这一生更有意义了。

那么，什么样的生活会让你感到幸福和快乐呢？

你必须全然真诚地回答这个问题，你的答案应该是一些形容词，例如，安逸的、富有的、惊险的。你也可以既要又要，比如，安逸而富足的、惊险而感性的。但你需要明白，这样的生活背后会有什么样的负面因素，并且准备好为之付出代价。安逸而富足的人生意味着你可能没有精彩纷呈、跌宕起伏的经历，没有动人心魄、百转千回的爱情故事，没有高峰体验，也没有苦厄磨炼。惊险而感性的人生，意味着你可能会经历常人无法忍受的磨难，时而登上人生巅峰，时而又跌落万丈深渊。

就我个人而言，我希望自己成为他人的良师益友，所以我不停学习，丰富自己，笔耕不辍，乐于分享。这样的人生需要面对的是，始终辛苦地工作，很少享有清闲，所学并不见得都能化成金钱的回报；同时，我能得到的是自我肯定，以及被他人需要的满足感。

如果你像我一样，向往有钱、有爱、有自由的人生，那么尽可以去尝试一切你想尝试的，不必顾虑是否能获得超越一般的成功。你要记住的是，在这样的生活中，爱和自由是可期待的，至于钱，够用就好。什么是“够用”？冯唐说得最好，“有钱买花戴”就是够用了。

如果你的人生目标是超越普通的成功，那么你必须聚焦，就要“择一事，终一生”。你需要预见未来，看到时代的大趋势，要知道哪里有鱼，要顺风而行。想抓住风口需要远见，也需要运气，但更重要的是远见。

2010年，我在小南国餐饮集团担任供应链副总裁。彼时负责市场营销的副总裁周斌提出一项动议：开设外送业务。那时候的移动互联网尚不发达，应用也并不广泛，我们的外送业务宣传以及订餐、送餐程序是以“人肉”的方式进行的。当时，我们一致认为“外送”是代表餐饮未来的先进模式，然而三个月试运营下来的业绩十分惨淡。项目负责人不堪压力，逃回了百胜，外送项目也就不了了之。而几乎在同一时间，饿了么创始人张旭豪正在大学校园里亲自送餐。

我们猜对了行业趋势，但还没有等到技术力量的加持，如果再多坚持一小段时间，可能又是一个被写进教科书的案例。

你需要顺势而为，以前做内容的老师现在去做视频了，因为流量集中在视频平台上，读者通常会从视频中了解你的内容，然后再去看你的书。视频平台是更大、更便捷的流量入口。流量在哪里，哪里就是你更容易发挥影响力的地方。

我一度对开书店心怀执念，我认为以星巴克、肯德基先进的连锁经营方法论可以使传统书店的模式扭亏为盈。人们对生活水平的追求日益提高，这是永恒不变的。物质丰盈后，人们还有精神层面的追求，而精神需求的满足是无止境的，这同样是确定的。知识分享和传播的需求不会消失，但方式已然改变。三年实践下来，现在我认为，不要在没有鱼的地方白费时间，垂竿时间再久，鱼饵再鲜美，也钓不上鱼来。有些事情不是一定要试了以后才知道不行。即便开书店，也需要线上流量的加持。

你需要选择难而正确的道路。大多时候，选择是很难的，因为没有一个选项是完美的。当你不知道该选哪条路时，我建议你选择更难的那条。如果一项选择，在15年甚至20年后，无论成败都不会让你感到后悔，才能放心地迈出那一步。

选定之后，你需要全心投入，付出不亚于任何人的努力，和婚约十分类似，你将为了一棵树而放弃一片森林。正因如此，选择格外重要。长期专注一件事的人大多可以在这个领域超越80%的人，而在多个领域均能有所斩获的人则屈指可数。

岁月真好，沉淀了所有

戴安娜·阿西尔的作品让我感受到了从容与智慧，就像一位长者与我们分享生活的点滴。尽管她并非从76岁才开始写作，但她的文字中始终透露着一种岁月沉淀后的从容与淡定。读阿尔西的书时，我深感羡慕，她活得足够长久，久到那些与她相关的人都已经离世，于是她能够无所顾忌地讲述那些“往事真相”。这种自由，是我目前无法拥有的。我时常想分享一些更深刻的感受，那些伤痛、那些耻辱、那些人生中遭遇打击的深刻体验。因为所涉及的人和组织还活跃在社会上，为了不对他们造成影响，我还是选择善良地有所保留吧！

从我个人的经验教训出发，如果有什么是我一定要告诉年轻女孩的，我想我会特别强调：第一，尽早明白社会规则，理解人性；第二，终身学习，把自己打造成有独立价值的人，不断提升自身的含金量。做到这两点，你才能看懂大部分的人际关系、社会现象，并且有资格做选择，按自己的心意生活。

记得有一次，我与一位从事建筑设计的男士交流，他看上去50多岁的年纪，穿着打扮很是雅致，很有艺术气息。当谈到人生最重要的事物时，我提出健康、金钱和关系这三点。然而，他对此表示鄙视，并且脸上明明白白地写满了嫌弃，他认为我的观点过于现实。我不禁微微吃惊：这位男士已经活了超过半个世纪，居然还保持着单纯，表现得毫无城府，大概也只有艺术家才能做得到吧！所谓“世事洞明，人情练达”，和年纪实在没有多大的关系。

钱和健康的重要性不言而喻，但为什么我会强调关系呢？因为我一直被教育“关系”不重要，拍马屁是可耻的，而我在中年时才发现，这是谎言，我想重新建立和维护更好的人际关系，但为时已晚。

人是活在社会中的，而社会本质上就是各种关系的总和。无论你在生活中扮演什么样的角色，这些角色都是由客体（他人或者外物）赋予的，是因着与他人的联结而产生的，没有联结也就没有“角色”。之于子女，你是父母；之于房产，你是业主；之于公司，你是员工或者老板；之于天地，你是生灵；之于宇宙，你是尘埃。在这林林总总的关系中，人与人的关系最为复杂。

我们这个年代的人，年轻时常会听到“不要靠关系，要靠本事”的告诫。我也深受这个价值观的影响，曾经笃信要凭真才实学吃饭，认为靠人际关系获得晋升的行为是可耻的。45岁以后我才明白，关系是一种必要的互动和联结。在人生的道路上，我们有必要与他人建立良好的关系，共同前行。你当然要有本事，你同时也一定需要有良好的“关系”。

谢丽尔·桑德伯格在自己的著作《向前一步》中提到，女性要成功也要受欢迎。在谈及“受欢迎”的重要性时，她主要强调了人际关系和谐对成功的影响。接着，她提到了如何创造良好的人际关系。她的建议包括加强沟通能力和换位思考等普遍适用的技巧。这些技巧适用于不同性别和年龄的人。而对于专门针对女性的建议，桑格伯格却没有涉及。

阅读之前，我对这个章节抱有很高的期待，但读完发现其中并没有实用的“成为受欢迎女性”的方法，因而大失所望。这本书的后半部分并非桑德伯格本人所写，而是她的女性朋友的文集。虽然这些女性的思想和观点都非常积极和健康，但对于一本署名桑德伯格的书来说，显得有些奇怪。这位出生便在“罗马”的女性显然非常懂得IP变现之道。

女性在追求成功的过程中面临的障碍比男性大得多，其中一个重要原因是，有野心的女性往往不受欢迎。这种不受欢迎不仅来自男性，也来自其他女性。野心一般被认为一个贬义词，与野心意思相近的一个词是雄心，却是个褒义词，而这个褒义词恰好用到了一个指代男性的字眼。要应对这种不受欢迎，女性不仅要拥有沟通技巧，建立并维护与他人的良好关系，还要建立稳固的自我认同。

对于野心勃勃、渴望取得好结果的女性来说，超越真实能力的自信，比“受欢迎”更重要，这就是“稳定的自我认同”。

强大而稳定的自我认同，是与他人建立良好关系的基础。

人和人之间是相互依赖的，对于自己熟悉的人总是会多一份信任，不论这种信任是否符合理性。所以，你会看到即便在财富500强企业，“裙带关系”也是好用的。工作之外的私人交往对于建立信任关系有很大的帮助，如果你的志向是进入核心管理层，你应该多花时间在建立私人关系上。

法律是最低道德标准。法律之上，对于道德标准要严于律己，宽以待人。我曾经的老板告诫过我：“You don't want to have strong like or dislike because this will limit your opportunity. You know there are only two kinds of people in the world. One is you like and the other is you don’t know enough to like.”（“过于强烈的喜欢和不喜欢会限制你的机会。你要知道这世界上只有两种人，一种是你喜欢的，另一种是你更多了解之后会喜欢的。”）

2011年，我因为无法承受巨大的精神压力，从工作了两年的小南国“逃跑”。当时的CEO康捷告诉我，容忍度要足够宽，要能够容纳更多的不同，神经要大条一点，不能那么脆弱。当年的我做不到，不堪重负之下选择放弃。当时我的工作是供应链专业化改造，我深知作为一家上市企业，这是必经之路。然而，在这个过程中必须拆除旧的供应链架构，汰换人员，建立新的供应商基础。这些都会涉及具体的人、个别的利益，艰难且痛苦。当年的我没有这样的能力，只好遗憾地半途而废。

虽然物以类聚，人以群分，但宽泛的容忍度能够让你的“带宽”更广，也会因此获得更多的机会。接纳不同的价值取向，拥抱文化的多样性，也能够让你的人生获得更多的可能。其实，你不必勉强自己去喜欢所有人，重要的是不要有太多不喜欢的人。

终身学习，把自己打造成有独立价值的人，不断提升自身的含金量。人与人之间最牢固的关系是对等的价值交换。成为有价值的人，才有资格选择不参与那些你不认同的游戏；成为更强大的人，才有资格改变游戏规则。

我嫁了一个山东人。山东，孔孟之乡，是礼仪之邦，也是我眼中重男轻女的重灾区。我先生家里的男生按家谱取名，女生的取名则很随意。家里吃饭，只有男人能上桌，女人只能在灶间吃，但我婆家和先生都不曾在家让我受过任何委屈。

有一次侄子结婚，我们回老家吃席。男人按长幼尊卑落座，女人随便在角落里凑一桌。同桌的女人我都不认识，大姑姐拉着我一个个介绍。一会儿，一个男性长辈端着白酒过来要我们喝，轮到我的时候，我礼貌地端起酒杯抿了一口，微笑着表示感谢。但那个男人却不肯离去，继续倒了几杯，意思是第一次见面要喝满一圈。大姑姐在一旁解释着这个男人的辈分以及老家的风俗，我还是微笑着拒绝再喝。那个男人居然上手要灌我，我后退一步，喊了一句“滚”。

同桌的女人面面相觑，男人骂骂咧咧地走了。气氛有些尴尬，但很快就过去了，之后也没有人在我面前就这件事再提过一个字。我的公公婆婆年轻时便离开家乡，在上海落户工作，受组织教育多年，是国家干部。他们是开明且理性的——一个受过良好教育、收入不菲、关系和睦的儿媳，与老家思想保守的亲戚，孰重孰轻，想必不难分辨吧。他们自身在家乡的地位也足以让族人对他们的态度不敢多加议论。

提升自己的价值，成为那个可以改变游戏规则的人，你才有机会影响他人，践行自己认可的价值观。星巴克之父霍华德·舒尔茨在他的自传中提到自己创业的初衷，他认为只有创办自己的企业才能按自己的价值观行事。他一直致力于将星巴克打造成一个介于“非营利组织”和“营利性企业”之间的商业组织，为工龄6个月以上的员工购买医疗保险、为员工父母投保重疾险、参与咖啡公平贸易支付溢价……在很多重大决策上，星巴克坚持不以商业利益为优先考量点。

赶走黑暗的唯一方式是点亮一盏灯，驱逐不美好的唯一方式就是创造美好。希望你就是那个有能力点亮明灯，创造美好的人。

学会欣赏自己，世界才会欣赏你

最近两年，频繁地有女性好友在离法定退休年龄不到5年的时候，被公司通知解除劳动合同。虽然失业和换工作已经是很平常的事情，但对于“70后”的我们来说，尽管早有心理准备，然而当事情真的发生时，还是止不住地难过。

在外企服务了一辈子的姐妹多少有些家底，可以衣食无忧地过一个精彩晚年。令人难过的不是从此之后收入锐减，而是对自己的价值产生了怀疑。这一代外企人的自我价值衡量是建立在title（职务头衔）和package（收入总包）上的。我们执着于所在公司的行业地位，是不是头部，是否位列财富500强……我们追求职位和职级的晋升，给自己设定了晋升的目标时间。我们窥视同僚的度假目的地、孩子学校的学费、房子的地段和面积，并在心里暗暗比较。现在，失去了职业标签和高管抬头，我的价值何在？没有优渥的薪水，财富的积累速度骤降，我还能跻身优越阶层吗？

中国社会的一大特点是对成功的定义集中在财富和权力上。这种单一的衡量标准，往往令人陷入无休止的激烈比较中。过度的比较让人心生焦虑，失去对自我价值的笃定感。

我女儿小学二年级的时候写过一篇英文小作文，老师的出题是“我和他（她）不一样”。女儿写的是“我和妈妈不一样”。她细心地在文中列举了自己诸多的细微优势，并为此感到自豪。比如，她会弹钢琴，而妈妈什么乐器也不会；她个子高挑，妈妈却是矮矮的。尽管当时她只是一个小学生，而我已经在职场上取得了一定的成绩，但她仍然能从自己身上发现比我更优越的地方，这让我感到十分有趣也非常欣慰。

由于职业的关系，我接触过很多独立咖啡品牌的店主。大部分店主是出于热爱才决心放下一切来经营一家咖啡馆的。他们当中有律师、IT工程师、媒体记者，还有小有名气的歌手。和我们平时观察到的不同，开一家咖啡馆是很难赚钱的，大部分的独立咖啡馆只能在不亏不赚之间平衡，若以财富来衡量，放弃律师、记者、歌手的职业来开店，是血亏的。

我在这些店主身上看到一种沉静的力量。对于他们而言，最大的乐趣和成就感来自客人的肯定；来自对某个特殊风味的解锁；来自熟客跋山涉水寻来，只为在店里小坐一会儿；来自新客自发在新媒体平台上为小店宣传。我也在这些店主身上看到了日本匠人的影子。成功并非仅限于社会主流价值观的认可，更在于我们如何认识自己，热爱自己所热爱的，珍视自己所拥有的。

6月是杨梅成熟的月份，我应邀来到无锡城郊的一处小山上。山上一丛临水而建的带院子的房子，是一位年轻的国画师租下来供居住和教学用的。在没有学生的时间里，朋友们喜欢在此小聚。说是小聚，其实更像是闲坐。喝着淡淡的茶，吃着自家种的毛桃和山上野生的杨梅。我不由得好奇聚会于此的年轻人对未来的期许，他们说：“生活必要所需其实非常有限，不需要为了生计忧虑，重要的是一直往前走，接受所有命运的安排。机会来临时努力抓住，环境不利的时候耐心等待。”我问这群学艺术的年轻人是否想出名，他们回答道：“可以出名，也可以不出名，生活的意义在于‘过’。”

于他们而言，名利不是衡量成功的唯一标准。对成功的定义多样化，以及对多样化普遍认同，才能有更多的人找到属于自己的价值认定。

上一代的父母普遍不习惯认可孩子。因为鲜少得到认可，我们都对“认同鼓励”这件事感到陌生，我们不知道怎样去表达欣赏和喜欢，也不知道如何坦然地接受来自别人的赞美。

赞美他人是一种美德。这不叫“拍马屁”，适当的赞美是一种善意的表达，你的欣赏会让别人感到被接纳，从而增进关系。这也不是所谓的虚伪，如果你面对同事朋友竟然找不出任何值得夸奖的地方，那么你就需要好好学习如何发掘他人的优点了。

首先你需要对他人适当地关注，而不是视而不见。同事的口红颜色、发型、当日的衣着，或是某次会议上发表的观点，甚至是同事带的午餐便当都是可以赞美的对象。“今天的口红颜色真适合你，很提气色”“你的午饭真不错，干净卫生又营养均衡”“你昨天提到的这个问题我觉得也有同感”……针对这些日常细节的赞美，既真诚自然又礼貌得体。

自小很少被别人赞美的人，有时也不懂得如何接受赞美，偶尔被别人夸奖一下会感到不知所措，事后却可以开心好几天。上周末的时候，我在咖啡店遇到之前的老同事，这位同事以情商高而出名，在公司20年了，人缘极好。她见面就称赞我：“你穿旗袍太好看了。”闻听此言我心里是高兴的，但嘴里说出来的却是否认：“哪里哪里，这衣服很便宜的，才100块钱，我得赶快减肥了。”就这样来来去去，她不停夸，我不停否认。

事后，我有些懊恼，感觉自己表现得过于局促小气了。恰巧这周又遇到了这位老同事，她见我换了一件不同颜色的旗袍，就又夸我穿得好看。有了上次的经历，这次我是这样回答的：“谢谢，还是100块的便宜货。你身材保持得真好，你穿旗袍也好看呢。”这次比上次好一点了，虽然还是有点羞于接受别人的赞美，但至少在道谢的同时也夸奖了对方。

虽然儿时不被欣赏的经历让我们有点“赞美无能”和“被赞美失措”，但只要心里有了乐于赞美他人和接受赞美的念头，技巧是可以慢慢学习和逐步提高的。

试着接纳并享受他人的赞美，同时真诚地赞美他人，这样我们的人际关系会更加融洽。

认可自己的价值，坦然地接受赞美，同时去赞美他人，这些做法能提高对自己的认可度，但仍然无法确保他人也对你抱有好感。我认为他人是否喜欢你并不是关键，因为无论你多么出色，总会有人对你持不同的看法。

我们所说的与他人关系融洽，其核心并不在于是否受欢迎，而在于你是否有能力团结他人，引导他们为你的目标共同努力。这种能力更多地体现在能够激励大家朝共同目标前进，或是通过协调与他人的关系来高效完成任务。

在职场中，尽管存在明确的上下级关系和职责分配，即便没有私人交情，工作也能得以推进，但良好的人际关系无疑能使这一过程更加高效。但这并不意味着你必须通过建立更亲密的关系来达成目标。实际上，在普通的工作关系的基础上，你的协调和平衡利益的能力尤为关键。因此，我认为受欢迎与否并不是重点，真正重要的是你是否具备那种通过他人高效完成任务的能力。这种能力才是在职场和人际关系中真正有价值的。

那么，问题随之而来，面对不同的人，我们如何有效地通过他们来完成任务呢？这实际上取决于双方的共同价值点，以及你所能提供的价值点。以工作关系为例，任务的完成往往建立在双方的交集之上，也就是我们常说的双赢机会和合作空间。如果存在这样的交集，我们就可以朝着共同目标努力，携手前进。

此外，价值交换也是不可忽视的一环。我们需要明确自己的需求，同时要了解对方的需求，然后以此为基础进行资源的互换。这种交换不局限于物质层面，还包括知识、技能、经验等无形的价值。

另外一种情况是，我们可能在当时一无所有，只能寄希望于他人的资源倾斜。在这种情境下，起决定作用的是“配得感”，我们必须告诉自己“我值得我想要的”，因为只有这样的自我暗示才能帮助你在不平等的力量对比下，保持自我认同和肯定，而不至于在遇到困难时失去自信。

邓文迪是“配得感”极具代表性的人物，她出生在江苏徐州。她学历普通，长相一般。一个最初几乎一无所有的人，凭借自己出色的社交能力，成功地吸引到非凡的资源，并逐渐积累了属于自己的人脉和资本。一旦拥有了这些资源，她就能与他人进行价值对等的交换，从而进一步拓展自己的事业版图。邓文迪泼红酒的故事无论是真是假，都已然成为撬动跨阶层资源的经典桥段。当面对一个成就高于自己千万倍的人时，“我值得拥有”的信念是获得跃迁式成功的基石。

婚恋当中的配得感，决定了女孩子会有什么质量的人生伴侣。

我的表妹小我三岁，个子高挑，圆脸，大眼睛，高职毕业后，在一家货运公司工作。她早早地为自己找好了结婚对象，而我们整个家族的人都为她感到不值。对于这个选择，她是这样解释的：“我不如大姐漂亮，也不如二姐聪明，自身条件不好，对于结婚对象也没什么资格提要求。”听闻此言我几乎要晕倒了，就这样把自己的终身大事交代出去了，直到今天我还耿耿于怀。

这种缺乏自我认可的“不配得感”来自父母的打压和对其他孩子的偏爱，得不到认同鼓励的女孩子长大后不仅缺爱，还缺少对自我价值的肯定。我们现在提倡的所谓“富养女儿”，这个“富”字不是“富有”的意思，而是“丰富”的意思，让女孩在一个被欣赏、被认可的环境中长大，告诉她：你值得人世间一切最好的。

去体验去享受，人生将会一片宽阔

十六型人格突然火了起来，年轻人见面时相互都要问一下：“你是E人还是I人？”办公室里的姑娘和小伙子也会问我这个问题，怂恿我上网去测一下。他们不知道的是，我在2010年就玩过这个游戏了。当时一起流行的还有“九型人格”，可能是“九型”比较容易记住的缘故吧，当时会更火一点，各种书籍、讲座、测评满天飞。有时候觉得，活得久了真是好啊，见过的东西多了，什么“新鲜玩意儿”都能看得云淡风轻了。

心理学上有一个蛮有意思的话题，那就是不要轻易给别人贴标签。标签贴上去以后就很难撕下来了，对于这一点，我深有体会。

我是一个文科生，数学成绩很差，从高一开始我的数学成绩就在60分上下徘徊，高二那年数学还参加过补考。那时候，我的数学老师是学校的教导主任，后来升任为校长。虽然我数学成绩不行，但他还是很尊重我这个学生。我想他是尊重每一个学生的。他说，千万不要给自己贴上“我是文科生，我的理科很差”的标签，这样你的数学成绩会越来越差，因为你会不停地给自己心理暗示。

工作之后，我参加全国MBA联考。没有学过一天高等数学的我，居然也及格了。那时候发现，我的数学可能没有我自己想象的那么差。如果人格测评只是为了更多地了解自己，那么就无伤大雅，但是如果因为一次测评就给自己贴上一个标签的话，心理暗示可能会很难避免。人会倾向于强化自己弱势的部分，也就是不够好的那部分，这就完全没必要了。

有些人相信天赋潜能，挑选大学专业和找工作时，喜欢用测评工具测试一下，按着结果去找工作机会，据说这样可以最大限度地挖掘自身潜力，更容易获得成功。

我能够理解年轻人渴望快速成功的心情。数据导向的思维方式，会让人们觉得成功是有既定的公式的，而精准匹配，又能够降低试错成本，提高成功的速度。这种贴标签的方式在市场营销界已经流行了几十年了。我们在讲品牌定位时，总会提出目标顾客画像的概念，从多维度给人贴上“标签”，在后续的营销活动中，有针对性地发起对“标签”人群的精准接触。这些标签包括年龄、性别、收入、学历、所在城市等社会符号。然而，这套标签目前已经失灵了。

商家发现，消费者的收入和消费的关联度变弱了，一方面是因为个人收入的多元化，另一方面是因为消费者对于花钱的理念改变了——为了心头好一掷千金，已经不是个别现象。于是，互联网平台转而对消费者的行为附以标签，标记一个人每天做了什么，吃了什么，去了哪里，花了多少钱。就目前的效果来看，通过行为标签来找到目标顾客，是相对有效的方法。对行为打标签，放弃行为背后的解释（花多少钱是因为学历高、工作收入多，因此对品质感要求更高），而是直接标记结果，这一变化揭示了一个真相——人是多元而复杂的，行为背后的原因太难猜测。

同样地，人生也是复杂和多元的，人生的旅程从来不是只有一种活法。我们日常生活的一举一动已经被标记好了，被数据深刻地影响了，难道我们对于人生的选择，对于事业方向的追求，也要被数据裹挟吗？我很好奇的一点是，假如你的潜能测评结果和你心之所向的职业方向不一致，那你是按测评结果选择职业还是按自己的心意来选择职业？

唐代诗人李白，家里有钱，个人有才，也有一定的人脉。他有自己的政治理想，带着钱从家里出来闯世界的时候，他是想做官的。经人举荐，李白一生起起落落有过几次官场的工作机会，但他缺乏做官的基本技能，终其一生都没有圆满他的政治抱负。假设我们给初入社会的李白做个潜能测试，测试准确性很高，结论是他不适合做官。李白听取了建议，潜心作诗，那么他的人生轨迹会如何？大概率会很平顺吧。然而那些瑰丽、浪漫、情感丰沛的诗句，在没有生活磨难作为养分的前提下，还会诞生吗？

人生就是一场旅行，在这趟旅行中，没有人知道前方是什么，你竭尽所能地往前走，沿途看风景、勤劳作，收获的果实会在某一处等着你，到处都可能是意外的惊喜。这正是人生的美妙之处。

我们如此渴求确定性带来的心理安慰，是因为我们害怕，我们怕吃苦，我们怕吃亏。可如果没有吃过苦，没有吃过亏，我拿什么给你们讲故事呢？当你老了，坐在轮椅上回想往事的时候，你所忆起的，是无数跌宕起伏的精彩故事，还是平平淡淡的富贵平安？

方向对了，一切都会对

2024年春节，我收到的最惊喜的礼物是一大箱吃食，蜜三刀、高粱饴、小麻花、“大雁屎”、山楂球……都是小时候熟悉，如今不常买得到的解馋零嘴。更令人惊喜的是，传统零食也在与时俱进，都标明了“零蔗糖”，吃起来也就不那么有负罪感了。

送礼的人是我先生的侄媳妇小孟，她每年中秋和春节都会从老家寄来整箱的特产。往年是麻油、咸鸭蛋、酱花生，今年是别出心裁的零食，这让我有点被宠爱的感觉，开心了好几天。

小孟曾经是幼儿园老师，长相甜美、性格温柔，还能吃苦。10多年前追随当时的男朋友——如今的丈夫到上海打工，并在上海结婚，生育了第一个孩子。她的丈夫是五星级酒店的饼房西点师，从小不喜欢读书，打工又没有长性，之前的几份工作都是干了几天就不辞而别，为此没少挨家里大人的骂，直到当了西点师才安定下来。

他们是家族中唯一没有上海户口的一户，按他们父辈的设想，他们的人生应该是在上海落地生根，和家族里的其他人一样，成为拿工资的上海人。

8年前，已经双双在上海找到稳定工作的小孟夫妻俩想带着孩子回老家发展。这件事引发了整个大家庭的讨论。父辈的一致意见是：已经在上海打拼了那么多年，家里也有继续支持他们的基础，这是多少人求而不得的资源，轻易放弃，实在是太可惜了。可是，父辈的意见并没有动摇小孟夫妇的决心，最终他们还是回去了。他们在老家的县城开了一家西饼房，生意还不错。次年，第二个孩子出生，长得健康壮实。小孟邮寄来的礼物每年都不落下，内容也开始生动和有趣起来。我能想见他们的生活是温馨的。

我出生在上海，在这里上学、工作。我曾经对异地工作这种经历十分向往。但当一份广东的高薪高职的工作邀请放在我面前的时候，我还是犹豫了，没有多想就拒绝了。从那次开始，我知道自己对异地工作的向往是虚假的。我只是羡慕经历的丰富，但并不愿意为此真的离开上海这座城市。

上海人对上海户口的重视是排在靠前位置的，高考时填志愿，必须在每一档填报至少一个外地院校，我爸的填报策略是：要么报杭州老家的学校，要么报我完全考不上的院校和专业，以此来逃避。在老上海人眼里，唯一能获得认可的离沪原因是：出国打工。

较我年长10岁以上的那批人当中，有不少去到日本、美国“淘金”的人，靠打工赚钱改善家里的生活。那时弄堂里不时会有人家欢天喜地地接收大彩电、热水器这类家用电器，常常引得整个弄堂的人都去围观，赞叹连连。

出国对我们这代人仍旧非常有吸引力，同学当中也有选择出国留学、嫁人或工作的。30年以后回望当时的选择，不知道会有何感触。每个人出国的目的不同，希望人人都找到了自己所追求的目标。只有一种人，恐怕要后悔，那就是期望通过出国赚到大钱的人——不仅错过了中国经济高速发展30年的生意机会，还错过了国内资产价格低廉时期的置业窗口。

我们家有一位亲戚，1997年决定到英属某非洲岛国去寻求机会。这位女士原本是一名小学教师，20世纪90年代初结识了一位商人，便辞去公职，跟随商人做生意。几年下来，她并没有获得什么成果，于是便在1997年决定出国再谋发展。几经辗转，最后在英国伦敦落脚，为一家华人公司打工。10多年后她回国探亲，惊觉教师地位节节攀升，薪资收入可观，且退休待遇很好。此时，上海的人工、房价已经高不可攀——以前那种在国外挣高薪，回国内高消费的现象，已经成了传说。此时回国，已无法回到体制内的教师队伍了，国外多年的打工积蓄也根本不可能在上海买得起房。如果选择留在国外，未来的生活一眼就能看得到头，无力置业又找不到比原来更好的工作。进退都不是好选择，只能维持现状。

所谓逃离北上广，无非是从个人追求出发，选择更适合自己的生活环境而已。之所以会引发巨大的社会讨论，无非这一流动方向和数十年来人们默认的“正确”的流动方向不一致。国家政策对县城的建设持续加码。缓解北上广等大城市的功能压力，也始终占据政府工作重点事项的前列。

从大趋势来看，人口将会被“赶回”更多的小城市，城市发展的平均水平会迅速提高，县城和中心城市在生活功能方面的差距正在逐渐缩小。此外，人对生活目标的追求也呈现更加多元化的趋势，年轻人对人生有着比父辈更成熟、更完整、更符合人性的理解，“事业”不再是年轻人唯一重要的人生目标。

我家钟点工阿姨育有一双儿女，早些年带在身边，一起在上海生活。儿子早早结婚生子，孙子出生在上海。按老一辈人的想法，小孙儿就该留在上海读书生活，成为“上海人”。但儿子和儿媳却选择了回老家的县城生活，他们如今在一家民营医院负责行政工作，颇受尊重。一次过年，阿姨还给我们带来了茶叶，说是别人给她儿子送的礼，转赠给我们。小伙子虽然聪明活络，但只念过中学，在上海要找同等的工作，几乎是不可能的。

回到老家也好，逃离北上广也罢，关键是要摸准时代的脉搏，对社会、经济、技术的发展方向，拥有基本的了解。虽然没有人能够准确预测未来，但方向摸准了，至少不至于错得太离谱；方向错了，可能会为此付出一生的代价。

人一生
只能活一辈子

常常有年轻活泼的女孩子问我："你是怎样活成现在这个样子的？真是令人羡慕。"

说实话，听到这句话的时候，我心里很是惊讶：我活了大半辈子，从来没有想过要活成什么样子。我只是一直在尽我最大的可能，不要活成我母亲那个样子——怯懦无知，又天真傲慢，一辈子都活在少女期里。旁人看着觉得可爱，而生活在她身边的人都极为痛苦。我时不时地会问我先生："你说，我是不是越来越像我妈了？"

每当听到这个问题，我先生总是哈哈大笑，然后告诉我说："没有，根本不像。"我不知道这是不是一句安慰，自己究竟是什么样的，我也无从分析。于是我只能不停地读书、工作、助人、撰文……我想要避免浅薄，戒除骄傲，让身边的人能够感觉如沐春风。

和大多数中国家庭的小孩一样，我从小是被父母打压的，很少得到赞许。用我父亲的话说，我是一个没有什么优点的人——既不特别漂亮，学习成绩也不特别优秀，更不特别擅长家务，实在乏善可陈。中学的班主任也不看好我。初中毕业时，我的成绩排名全校第36，进入本校高中免试直升名单。

我的班主任在安慰落榜的男生时对他说："她只是运气好而已。"高中时我迷恋配音，想参加广播学院播音系的提前考试，高中班主任拒绝给我开介绍信。她的原话是："人家要招的是像方舒（著名童星，演员）那样的，又高又漂亮，你能比吗？"正因为无人欣赏，我的前半生都乖乖听从父母的安排，对自己也没有什么高远的期待。直到我遇见生命中最需要感谢的一个人——我加入百胜中国的第一任老板Kathy Chow（周白萍）女士。

我第一次见她的时候，她40岁左右，言语温柔，长发飘逸。她喜欢打扮成高山族女郎的样子，穿着长及脚踝的纱裙，颜色粉嫩，大朵的花卉图案，有时长发上还别一朵假花。她的审美常常被办公室里时髦的上海小姐姐们吐槽，背地里嘲笑她土。

Kathy是我生命中第一个全然认可我的人。当时，我从一家国营外贸公司跳槽到外资企业，没有采购工作经验，不懂外企的处事规则。她毫无保留地教会我工作技能，给予我升迁的机会。她说："我面试过很多人，带过很多的团队，你是我见过的人当中最优秀的。将来接替我掌管这个部门的，一定是你，而不是现在比你职位更高、资历更深的其他同事。"

这番话让我意识到，也许我还是有点才华的，也有资格去争取更高的职业发展目标。更幸运的是，当时百胜中国的企业文化要求所有的经理人员关注下属的职业发展，以便下属能够把心思聚焦在工作上，而不要为了加薪、升职花费过多精力。每一天，我都异常开心地工作着，因为每一天都能够学到新的东西，认识新的人，去之前没有去过的地方。就这样心无旁骛地工作和学习，职级晋升自然而然地降临到了我的头上。29岁那年，我晋升为采购经理，坐进了"小隔断"（给经理人员配备的工位，面积比普通工位大三分之一，用隔断遮挡）。

应该说我是极其幸运的，能够在个人职业发展的黄金岁月加入一家了不起的公司，并一起走过了12年。百胜奠定了我作为职业经理人的基本底色，教给了我在职场奋斗多年的基本技能，同时也赋予了我处世为人的基本原则——认真、尽责、好奇、利他。

很多年后，我母亲被查出乳腺癌，而我当时也正遭遇职场滑铁卢。在医院走廊尽头的椅子上，我和父亲守在病房外，父亲对我说：“我看你最近精神状态不好，我想对你说，你已经努力了几十年了，你很优秀，我很满意，你可以歇一歇了。”听到这句迟到了几十年的认可，我的眼泪止不住地往下掉。就在我提笔写这一段的时候，我又流泪了。

很多人会把“60后”和“70后”的成功归功于时代的大背景。我毫不否认我们这一代人是改革开放的得益者：我们上学的时候学费还是很低廉的，我们结婚成家买房的时候，房价还只有四五千块钱一平方米。当红利退去，社会巨变到来，我们正好也过了职业发展的高峰期，开始步入退休的黄金岁月。我一点都不否认运气对我一生的重要性，只是，在同样的时代大背景下，也并非人人都能过上自己想要的生活。生在这个时代是幸运的，但要获得幸福，还是要靠自己。

当我被问到“你最想分享给年轻女孩的人生经验或者人生智慧是什么”的时候，我思考了好几天，始终找不到一个满意的答案。我感觉这个问题像是人生的毕业论文，要求我回顾过往，用最简洁的语言提炼出人生的真谛。这并非易事，于是我决定把这个问题抛给我的一群姐妹，她们都是非常出色的女性，有的是退休的公司高管，有的是企业教练，有的是经营了几十年的私营业主。

她们给出的答案五花八门。

有的说：“婚姻是可选项不是人生必选项，不要把结婚作为人生的目标。”

有的说：“一定要独立，不要恋爱脑，不要为情所困。”

还有的说：“一定要懂得爱自己，懂得表达自己想要的，拒绝自己所不要的。”

这些答案都很精彩，但仍然和我心中的最佳答案相去甚远。但是，姐妹的回答给了我一个重要的启发：这些答案都是她们从自身的人生际遇出发所提炼的人生痛点，不是痛到刻骨铭心，不会想要大声疾呼。

我一时间豁然开朗：我给到大家的人生建议，不需要是我认为最正确的，但必须是我自己感触最深、最真诚的。刚刚进入50岁，日子还远未到写总结的时候。10年后，关于书中的话题我可能会写下完全不同的答案，但无论如何，这一刻的分享是毫无保留的赤诚。

你必须知道社会险恶，但你仍然需要热爱生活；你必须知道人性丑陋，但你仍然需要做个好人。我从个人经历出发，无比真诚地把我自己大半辈子最大的教训，坦诚地告诉大家。但人生是复杂和多样的，我的人生经验只是其中的一种体验。

我出生在一个普通家庭。我的父母都是普通职员，尽管有着这样那样的局限性，但他们对我是负责的，在生活、学习、就业等方面，都尽到了责任。我在百胜这样的公司被保护得非常好，职业技能也得到了长足发展。在离开百胜之前，我的生活没遇到过大风大浪，没有遇到过“坏人”。但是，也可能正是因为被保护得太好了，我对社会的“游戏规则”浑然不知。

我以为职场就像我看到的百胜：只要认真做好自己的事，属于你的回报就会到来。我从未和别人去竞争过什么，也不曾怀疑“付出就有回报”这件事。直到中年以后，我在职场上遇到了让我觉得不可思议的一系列事情，而我身在局中，浑然不知自己是别人棋局中的一枚被设计的棋子。

现在回想当年的人和事，我已经可以完全放下了。我全然理解当时他们的贪婪、软弱和恐惧，以及在这三者叠加之下的身不由己。如今，我对这一份经历心存感激。我感谢他们给我补上了人生的重要一课，让我意识到我之前对社会、对职场的理解是错误的。

如果有人告诉你：人要凭真才实学吃饭，搞关系的人是可耻的。对此，你不要全然相信。人际关系是重要的，你必须经营好和他人的关系。人和人之间的关系的最稳固形式，就是相互提供价值，且价值大致对等。这个法则不仅适用于生意场，也同样适用于职场和婚恋关系。人性自有光辉，但更常表现出来的是贪婪、虚荣和恐惧。这和学历高低、职位尊卑没有任何关系，身居高位的人也可以拥有很低的道德底线。

早早地认清社会现实，能够帮助你成熟。

我要分享的第二个人生经验是：要不断地学习，提升自己的价值。只有自己变得更强大了，你才有选择的自由，才有资格决定你要不要接受、要不要参与，甚至你可以选择改变“游戏规则”。

我不是职场楷模，更不是什么女性导师，相比我那些走到职业巅峰的女性朋友，我只是她们曾经的、对专业很负责的一位同事。我没有什么“人生诀窍”和“幸福密码”可以告诉大家，只有半世人生的感悟和个人生活的经验。

一个人只能活一辈子，有些事情一旦发生就无法回头。如果，我人生经历当中的那弯路、那些错误，以及那些小幸运，能够让你们有所启发，从而走向更高效的人生，那就是我最大的荣幸了。

辑四

热爱是所有的理由和答案

我们要去追求一点东西，

有时是爱情，有时是自己想做的事情。

人生是因为做事而可爱，

人是因为多了看见而精彩。

不确定的时代，确定的人生

我是“70后”生人，是个“00后”孩子的家长，我自己对生活的富足是缺乏信心和安全感的。我出生在物资匮乏的年代，逢年过节才能见到奶油蛋糕，每天只被允许吃一点点，一块蛋糕要吃两个星期，吃到最后，蛋糕干得碰都碰不得，一碰就掉渣。我如今进入准备退休的阶段，所有的物质条件是靠一辈子的努力一点一点积累起来的。现在虽然衣食无忧，但这种匮乏感很难消除。这种焦虑，不仅我有，我身边一些非常富裕的家庭也会有不安全感，其实就是泛化的生存焦虑，和财富的多少没有多大关系。

大部分当家长的，都希望孩子从事一份稳定的工作，到了该结婚的年龄结婚，该生孩子的时候生孩子，平安顺利地度过一生。我也未能免俗，内心对女儿的期望也大抵如此。孩子有了一份稳定的工作，家长的焦虑就会降下来，知道这孩子以后大概率衣食无忧、生活安定，心里就觉得安全了。这种安全感是给家长自己的，其实跟孩子的利益没有那么大的关系。

然而，事与愿违，年轻人换工作的频率比父辈们高了不少。之前看简历，连续两份工作没有干满3年的人，基本会被我判为不够稳定，一般不会给予面试机会。可是这5年来，18～24个月一跳槽的简历比比皆是，平均5年换3家公司。“95后”为何更热衷于跳槽？我觉得是多个因素所致的。

第一个原因是，过去5年的经济形势有些波动，一些企业没有扛过去。国内企业的创新着力点放在“商业模式”上，而没有放在技术迭代上。说白了，就是换个花样卖货，产品还是原来的产品。比如，线下零售和餐饮的融合、短视频带货——由于缺乏顾客价值的提升，这类创新水平较低，企业本身很容易被模仿甚至被超越，一个新商业模式面市后迅速被抄袭，先发优势的红利不过短短几个月。客观上，时代并没有给大多数年轻人跟随一家企业共同成长、持续成长的机会。

第二个原因是，中国的社会财富在过去40年里急剧增加，家庭条件优越的年轻人越来越多，他们没有生存的压力，更容易因为工作上的一点挫折而轻易放弃，或者被其他看起来更有意思的事情吸引而放弃工作。“00后”的家长大部分是“70后”，有很大比例的“70后”家长受过良好的教育，积累了一定的家庭财富，“00后”从小受家庭环境的影响，心态上更为放松、自由和富足。追求自我满足对他们来说是超越一切的人生优先事项。工作对于他们来说是重要的，但仍旧是从属于“我”的，为“我”服务的。财富的代际传承让孩子拥有选择的权利。

此外，互联网技术的发展也让工作的形式更多样，大量的兼职岗位出现在各种求职平台上。年轻人在拥有一份正职工作的同时，还可以有若干个兼职工作，而兼职工作大部分是他们的兴趣所在，之所以还没有成为正职工作，是因为兴趣尚不能提供足够的经济回报。一旦兴趣变为事业，哪怕只是有一点发展的苗子，他们就会辞去正职工作。

七八年前我筛选候选人的时候还非常在意简历中出现的GAP（没有全职工作或全日制上学的一段时间），这一段空白通常意味着被迫离开上一家公司。而现在，裸辞已经变得十分常见了，为了创业，为了爱情，还有仅仅是因为“不爽”就抬脚走人。对于这样的离职原因我原本是不信的，见得多了也就无法再把GAP作为筛人的标准，我之前的经验大概率已经沦为偏见了。

“00后”这份洒脱，令人羡慕，他们并不把一份稳定的工作作为解除生存焦虑的一个方式。他们可能比我们更知道，在他们的时代，没有任何一份工作可以成为他们的长期饭票。他们活得要更清醒，他们对这个社会规则的认知较同年龄的我们要更成熟。

“70后”父母自己年轻时的择业是被经济收入、社会地位、家长期待等因素左右的，他们在人生的后半段突然开始被鼓励“听从内心的声音”“活出真的自我”。自己深受“没有选择”之苦，因此，对于孩子的人生，“70后”家长会尽最大的努力让他们开阔视野、提升见识，同时给予经济上的支持，让孩子能够拥有更自由的选择。

年轻人在工作选择上的自由度大大增加，这是社会文明进步的表现，但这背后暗藏的“自我关注”现象，也存在一些潜在的问题。加拿大哲学家查尔斯·泰勒在《现代性的隐忧》一书中就表达了关于对“个人自主性”不恰当的理解和维护所造成潜在风险的担忧。

《现代性的隐忧》是一本哲学书，我只能大致了解，而无法对作者想要探讨的“现代个人主义”“工具理性”这些专业问题产生共鸣。我能够理解的是个人主义的流行对于个人生活的影响。关注人本身，让人有更大的自主选择的权利，这是社会文明进步的表现。可是，选择虽然更自由了，人却越来越没有力量感。

对自我的关注，让很多人在自己身上投注了过多的能量，而跟他人、跟公众、跟社会发生了割裂。他的世界只有眼前的手机屏幕那么一小块，而对身边的事物不再感兴趣，在他的眼里，很多东西都是非必要的。当一个人没有其他“关系”和“联结”的时候，他随时都可以遁形，而不用担心对自己的生活造成影响。

移动互联技术为“个人主义”的发展创造了便利。网络世界可以提供社交、教育、娱乐等精神层面的服务，线上线下互联又提供了吃饭、洗衣、就医等生活必需的服务。人确实不再需要和现实的物理世界发生深刻的联结就能活下去。人和人的交往变得很浅，身边的一切好似都与己无关，只有娱人耳目的、不需要动脑的信息才会引发群体关注和网络狂欢。我们每一个人都更关注个人，当“我”很大时，世界自然就变小了。

我曾经刷到一条视频，一个四川的女孩子说自己在3个国家读了商科，毕业后到香港摩根大通工作了很短的一段时间。她自述当时年薪百万，但她选择放弃，回到家乡。她目前的状态是没有全职受雇于任何公司，是一个自媒体人。这个账号的关注度还挺高的，我看到的这条视频光点赞量就超过了1000，浏览量应该能达到几十万吧。女孩视频的内容基本就是在老家轻松惬意生活的片段，没有收入，生活简单而美好。放下精英情结，不惧他人非议，就是只做自己，完全以自己为中心，对自己以外的更宏大的话题毫不关心。

我是我们这代人中为数不多的独生子女，没有兄弟姐妹的人的关注点总是在自己身上。进入社会，被“吊打”和“教育”之后，我才逐渐明白“自我”是如何影响一个人的成长的。

很“自我”的人会有一些情绪方面的特点，那就是对一些事情会有过于激烈的情绪反应。比如，在工作中陈述事实、分析原因时，很“自我”的人容易联系自己，把自己的得失对错和被陈述的事件联系起来，常常会把客观描述当作对自己的褒扬或否定，因而会感到欣喜或愤怒，并且在之后的几天甚至几周内持续处在亢奋或失落的情绪之中。

之前，我以为很“自我”太大就是指太骄傲、太自以为是。现在我认为很“自我”太大是指关注点太少，视野太窄，因为心里关注的焦点只有自己，所以会在第一时间把外界发生的事情投射到自己身上，把事情跟自己联系在一起。这样的情绪特点对人的消耗是很大的，视野太窄就看不到其他的可能性，解决问题的路径就少了。大多数事情，如果放到一个更宏大的背景之下去看，你会发现找到答案是不难的。

“个人主义”是对个人权利的解放，无疑是有益的。但关注的范围过于狭窄，所造成的问题也将日益显现，这难道不是一个隐患？

放慢节奏，
让自洽重回生活

语速快的人往往并不自知。年轻时我也常被人笑话语速太快，可是我也不是故意的，就是慢不下来。一次我在电话里和供应商争论，听筒那边也是一位女士，业务娴熟、条理清晰，一场唇枪舌剑持续了半小时都停不下来。舌战正酣，我突然感到有些上气不接下气，像是刚刚跑了800米那样气喘吁吁。那一刻，我意识到对方的语速比我还快，那是我第一次在语速上输了，而所争论的事情本身仍旧没有得到解决。从此以后，我开始刻意地放慢语速，练习了10多年，现在说话已经四平八稳了，竟不知道是终于修炼到家，还是仅仅因为年纪渐长。

除了语速，我走路的速度也快，尽管个子矮，膝关节受过伤。当然，我做事的效率也很高，干练利落的风格是长期在外企受训的结果。有趣的是，我这样一个急性子妈妈，竟生了一个有着极慢性子的女儿。

女儿两岁的时候，参加我们公司的家庭日活动，一帮小孩比赛跑步。发令枪一响，其他小孩都争先恐后跌跌撞撞地冲了出去，只有我女儿踱着“猫步”，四下顾盼，不紧不慢地往前走。同事看了觉得实在好玩，按下快门，留下了女儿呆萌的形象。

上了学之后，她做作业的速度也是看得我百爪挠心。别人家小孩晚上9点基本就完成作业了，她得写到10点甚至11点。我于是想从她的利益的角度出发开导她：“到了高年级，作业更多更难了，你现在就做到那么晚，到了高年级岂不是没有时间睡觉了？”小姑娘略略想了一下说：“不会的。到了高年级，我长大了，能力也会跟着长的，所以作业更多更难我还是可以这个时间睡觉的。”

就这样，女儿在我不停的催促中，按她自己的节奏慢悠悠地长大，成绩始终是班上垫底的几名。离奇的是，小升初和中考她竟然都出人意料地顺利过关，高中毕业时考入了QS世界大学学科排名前20的大学。

当一个人长期养成“快”的习惯，那么焦虑也就养成了。一座城市的速度，也反映了这座城市的焦虑指数。

2023年6月，我去日本游学，我们一群人在街上等大巴的时候，正好站在一个工地的旁边。这个工地用围挡围起来，有两扇大门，当时恰好有一辆土方车要从里面开出来，先是有两个工人跑出门外，其中一人手里提着灯，另一个人把那扇大门打开。门开了之后，最先出来的这两个人就站在大门两侧维持秩序，阻止行人通过。接着跑出来第三个人，给卡车司机引路，直到土方车开上市政道路，这几个人才一溜小跑回去，关上门，一切恢复如初。

就这样一个简单的事情，如果在国内，一个人就足以完成了，在日本却请了三个人。在讲求精益的日本，这显得很奇怪。我问了同行的当地小伙伴，这样的安排是否出于安全生产相关的法规要求。他摇摇头，说不出个所以然。我猜测，这也许是为了增加工作岗位吧。效率是降低了一些，但多了工作岗位，这在当下的日本社会，也是一个折中的办法。之后的一年里，日本经济突然转头向上，人才供不应求，薪资猛涨。我猜那个工地现在也许在想办法提高人工效率吧！

全世界范围内，亚洲人可能是最着急的，这个判断我是从地铁口自动扶梯的速度上得出的。上海地铁扶梯的速度不慢，年轻人可以直接踏上扶梯，老年人需要定一定神才能准确地踩上踏板。香港的扶梯速度比上海的快，新加坡的扶梯速度则比香港的还要快，快到我这样身手敏捷的人，也是要定一定神，抓牢扶手才能保证不摔跤。这个感受，我在世界的其他大城市还从未有过。

在资源紧缺的环境下，每个人都很着急要一个结果。

工作中的大部分决定都是以ROI（投资回报率）来衡量的。投入1块钱，最终能够收获2块钱的项目与最终能够收获3块钱的项目相比，对于职业经理人来说太容易选择了。如今投资回报率这个概念被使用得泛滥了，有人在社交媒体上提出：不应该送孩子出国留学，理由是投资回报率极低——以本科四年来计算，学费加上生活费，在欧美的普通学校大致需要200万元人民币，而孩子毕业后如果回国就业，每年的收入与国内院校毕业生的收入没有太大差异，这一笔额外的学费恐怕一辈子也赚不回来。

还有人给恋爱结婚计算ROI，结果是对男人而言，结婚的成本比谈恋爱低；而对女人而言，结婚的投入很大，回报几乎没有，搞不好还要贴钱、贴爱、贴青春。因此，女人是婚姻的“亏损”方，所以不该结婚。我很是不理解把ROI运用到教育和婚恋范畴的意义，如果子女教育和恋爱婚姻可以用ROI来计算，那么人生选择是否也太简单了些?

人们热衷于将投资回报率的方法引入各种生活事务的决策中，究其根本还是因为“急功近利”，我们太想做到“精准”和“高效”了。

这样的想法不是现在这一代年轻人凭空造出来的，而是因为在过去的几十年里，我们所追求的东西就叫“效率”，每一个人都想要最小的投入和最大的回报。“效率”是我们在工业社会里的主旨。

然而，第三次新的技术革命在20世纪70年代兴起，效率已不再是经济发展的最大困扰，第二次工业革命带来的“效率至上”注定会成为过去，2011年《哈佛商业评论》迈克尔·波特就提出了“共享价值”（shared value）的概念。即便是在相对客观理性的商业领域，当收获两块钱的项目能为社会带来更大益处（例如，更环保、更多就业机会、更公平的贸易）时，追求共享价值的企业还是会放弃3块钱的回报而选择社会价值更高的两块钱经济回报的项目。效率还是要讲的，但是我们也应该充分认识到不是所有的事情都要优先考虑效率。

去年，我去了墨尔本两次，商场和餐厅还是挺热闹的，即便是工作日，商场人也很多，吃午饭的时候到处都要排队。除了基础的牛奶、鸡蛋价格还保持稳定，整体物价比之前高了约20%。和在本地生活多年的朋友聊天时我发现这里的人均收入并不高，工作效率和生活节奏也没有那么快，以零售餐饮行业为例，雇员数量比我们多，但每人每天的工作时长较短，约6小时。收入足够普通的生活开销，可以支付外出就餐、偶尔旅行，但也几乎没有结余。这个数量庞大、生活安逸的群体形成了一个稳定的消费力量，让金钱得以流动。

这种“平安富贵”的生活会让人失去斗志，失去创新的动力，但也并非毫无益处。日本也好，澳大利亚也罢，他们的经济发展比我们早，经历过周期的磨炼。日本企业是追求极致效率、极致经济的，花费的每一分钱都要有它的价值。著名的“精益生产”理论就出自日本丰田。但在“精益”的同时，他们也选择性地降低效率，其中也不乏平衡的智慧。

这个世界不存在简单的算术法则，不是所有的事情都可以用投资回报率来衡量。

经济涨落周而复始，个人无法超越事物本身的规律而存在，跨越规律意味着需要和一个更大的秩序去对抗，过程令人焦虑，失败则令人痛苦。孩子天生就是智者，懂得按自己的节奏去生活，不被外界压力打乱既定的节奏。也许人类天生就是知道“周期”“涨落”以及殊途同归，自然有自然内生的力量，比人力强大无数倍。

正确地理解“向上社交”

看到“向上社交”这四个字，我的第一感受是厌恶。仔细听下去，却发现似乎也没有像字面意思那样势利。我觉得提出此观点的人的大致意思是，人应该和认知水平、处事能力高于自己的人多多交往，以便近距离地观察、学习和模仿。环境对于个人成长的重要性自不必说，而人又是环境中最重要的因素。我体会了一下自己第一反应感到厌恶的原因，想必是因为我不擅长“向上管理”，在向上沟通方面吃了亏，所以看到这个词就感到害怕，于是避之不及。虽然“向上社交”有点标题党的嫌疑，但“与智者同行”的观点我还是赞同的。

有些人的“向上社交”是想要获取上层资源，求得实际的利益，虽然功利但也无可厚非。我的朋友圈里也有几个媒体经常可以见到的名字。这些手握资源的“大佬”多数情况下是很愿意帮助别人、提携晚辈的。他们衡量是否出手相助有两个标准：这件事情本身的价值以及他们要费多少周折。如果价值不算大，但不用费什么周折，他们一般不会推却；如果价值大，需要多费些周折，那他们就要看自己和动用到的其他关系在这件事情中会不会受到损害，是否能得到益处，即有没有双赢的机会点，如果有，他们一般也不会拒绝。如果事情价值不大，费周折且没有双赢的机会点，那么他们一般会婉拒。

我曾经找过一位30年交情的朋友聊过融资的事情。他替我介绍了某国资大基金的负责人。在介绍我们见面之前，他到实地来察看了一下我们的项目。看完后他拒绝了我的请求，原因是项目处于早期阶段，规模太小，对于那家基金公司来说几乎没有价值贡献。我也完全认同并能理解他的立场。

取得过大成就的人，一般会被认为认知水平较高的一类人，这可能就是所谓的“向上社交”的出处吧——

“大佬”的认知水平总是会较常人高一些。遗憾的是，仅仅靠运气取得成就，甚至是靠不正当手段取得成就的人也不在少数。所以，“取得成就”可以作为判断一个人认知水平的标准之一，但千万不能迷信。

“向上社交”有一定的合理性。这个词的矛盾之处在于，社交本是双向的，如果所有人都选择“向上社交”，那么所有的人最终都交不到朋友。

要想成事，只“向上社交”是不够的。无论是个人成长还是企业发展，不同的任务和不同的阶段都需要不同的助力。

小学的时候我痴迷越剧。班上有一位学习不太好的女生，也喜欢越剧，她长相俊美，唱腔婉约，因为有着共同的爱好，我这个学习成绩优异的班干部和一个留级生成了朋友。那段时间，只要做完功课我俩就混在一起。我母亲知道之后极力阻拦我和她交往，甚至还跑到人家家里去找家长交涉。我对我母亲的行为感到愤怒和鄙视。但即便如此，我还是常到她家里去玩。女同学的父母虽然识字不多，收入微薄，但从未提起过我母亲找他们理论的事情，对我一直笑脸相迎，只是悄悄地嘱咐女儿不要过多地打扰我学习。

这份不以“高低”论交友的脾气一直跟随我到现在。从国际巨头百胜集团跳槽到民营企业小南国，我遇到的人和之前完全不同了。一次为了水果供应权归属的问题，一个供应商带了水果刀闯进我们办公室，照着自己的大腿狠狠扎去，血流了一地。办公室的伙伴都被吓得不知所措，情急之下我给水产供应商打去电话。早些年在铜川路海鲜市场做生意的商贩，都有些对付三教九流的本事，遇到硬茬儿的时候也懂得要狠。“江湖”上，相互也会给几分面子。

由于海鲜是小南国采购支出最大的品类，我花费了很多心思想把这个品类发展为标准化、国际化、专业化的采购形式。于是我带着这位海鲜供应商参观展会，结交外商，就这样积攒了一点情分。接到我的电话，“海鲜哥”立马出面调停，劝退了水果供应商，避免了冲突的升级。

人际交往最牢固的关系是相互信赖——信任并且依赖。依赖关系的建立和持续取决于双方能不断给予价值。工作伙伴如此，生活伴侣亦如此。一旦价值不对等，关系就会出现动摇。“向上社交”四个字很能引发争议，带来流量。对于“向上社交”的解读，如果只是局限于字面意思，则必受其害。做人，交朋友，还是应该多考虑利他，而不是总想着别人能给自己带来什么，毕竟，谁都不傻。

书读百遍，其义自见

越来越多的人习惯刷视频，可是我依然鼓励大家多读书。

为什么我会觉得读书特别好？第一，就我自己写书的经历来看，与视频或者某些论坛上的发言相比，第一，一个人写下来的东西是经过更深刻的思考和反复提炼的，是更精准、更洗练的表达，因而含金量也更高。第二，有研究表明，阅读的过程中，人的大脑30%在读书，70%在思考。这也是为什么阅读会增加人脑细胞的活跃度，刷手机却不能。

读书的第三个好处是“便宜”。作家想要完成一本书的内容，自己必得先看过至少10本书，加上作者本人的生活阅历，几乎可以说是撷英集萃。只需花两杯咖啡的钱，便可汲取众人人生阅历之精华，这不是太划算了吗？

我实在想不出来，还有什么比读书更经济、更高效的途径能够让人去了解一门学科、构建一个专业领域的知识基础。有的人阅读能力比较弱，那也可以选择去听课。只是，听课和读书一样，也需要带着自己的思考。

我记得有一次在混沌的课堂上，我把一个浙江大学的教授怼得下不来台，我自己也觉得有些犯傻，已经到这把年纪了，还去较真。不过他讲的确实与实际情况完全不符，他是理论派，而我们混沌课堂的大部分学员是企业家或者企业高管，有丰富的实战经验，是很求真务实的。所以我当时就站起来，跟他讲事实不是这个样子的。虽然我也觉得自己当时有点较真，但作为一个负责任的专业人士，还是应该把自己的观点说出来，不然会误导很多人，尤其是行业内的晚辈。

当然我也明白，这个老师讲的内容并非一无是处，在一个规定的情境下面，它也是正确的，只是这个规定的情境在现实生活中是不存在的。这就是“尽信书不如无书”。

对于一个话题，至少要看10本书，才能构建起这个领域的知识框架和基本逻辑。因为某一个人的观点不一定全部正确，而同一个话题经过10个不同的人论述，就不难梳理出其基本的方法和主流的观点了。虽然认真阅读10本书至少也要10个星期的时间，但这仍旧是非常高效的途径。用搜索引擎查找相关文献和阅读纸质书是很类似的，速度也差不多。而刷视频、观看网络课程之类的学习方法，效果会比较差，因为碎片化的信息很难整合成逻辑严谨的论证。

有人曾经请我给年轻女性推荐几本书，我觉得可能是我读书太少了，竟不知道读书还要分男女。我认为书是没有性别的，人类的智慧更是不分男女的。之所以会特别提到阅读对象为“年轻女性”，其唯一原因是，提问者的目标受众是年轻女性，这还是市场营销的那一套理论，不是认真读书求知的态度。

依我个人来看，无论男女，阅读历史和哲学类的书都是十分有益的。除此之外，还要读一些智者的书。所谓智者，就是在某一个领域特别优秀的人，你会发现不同领域的顶尖人物，他们讲的东西都是相通的。

著名的经济学家李录将芒格的《穷查理宝典》引进中国。这本书是芒格的演讲稿、邮件和语录的合集。书中提到，人在这个世界上可以不学其他知识，但有三个学科知识是一定要学习的。第一个是数学，第二个是物理，第三个是心理学。

芒格认为数学和物理是描述万事万物最基本的逻辑，而心理学是认识人的一门学科，他认为人是无比愚蠢的，所以人必须知道自己的愚蠢，才能够克服它。这个观点跟很多哲学家的观点一致，尽管芒格本人的专长是投资，对哲学并无研究，并且没有把哲学列为人生必学的科目。

丹尼尔·卡尼曼非常出名的一本书是《思考，快与慢》。他认为，我们的大脑有快与慢两种做决定的方式，对于不同事件的应对需要调用大脑的不同模块和功能。丹尼尔·卡尼曼通过这本书，带领读者体验了一次思维的创新之旅，他的发现会彻底改变读者对“思考”这件事的看法，而书中关于“理性”的描述，和芒格的观点也十分类似。

最近我在读《原则》，作者是瑞·达利欧，是世界知名的投资家、企业家，也是桥水基金的创始人。桥水基金至今为客户赚取的收益远超过其他的对冲基金公司。瑞·达利欧认为，桥水基金的成功源自他奉行的一套原则，而这套原则也是他一生中学到的最重要的东西之一。

他分析了英国、荷兰等国家因何崛起又因何衰落，在崛起和衰落的过程中，分别发生了什么大事件。他通过这本书告诉大家，社会发展遵循一定的规律，是周而复始的。这个理论和杰里米·里夫金在《零边际成本社会》里的说法非常相似。这些智者所观察到的东西，最后的底层逻辑其实都是一致的。

我的童年没有出国旅游过，电视节目也不多，更没有课外辅导班，看书是相对容易得到的娱乐。成年后反而看书少了，总是急功近利地参加各种学历考试、资格考试……恢复大量阅读是在加入樊登读书（现在改名为帆书App）之后。出于工作需要不得不快速大量地看书，我瞬间觉得又一次打开了外部世界的大门。与其挖空心思地“向上社交”，不如多接触些人类智慧的结晶，这是最便宜、最容易获得的与全世界顶级“大佬”接触的机会。

书看得越多、门类越杂越好。大道至简，触类旁通，你会在某一天突然觉得仿佛打通了任督二脉，会对很多事情看得无比通透，以往那些困扰你良久的问题，都会有特别简单的解决之道。

真正的美能够滋养心灵

很难用一句话概括什么东西是美的，美的标准很难界定。

我认为的美就是当你看到之后，听到之后，闻到之后，品尝到、触摸到之后，你的五感——视觉、味觉、嗅觉、听觉和触觉，感到愉悦，情绪上很是欣快，有了这样的感受就是美。不管是人还是物，能给你带来美好体验的就是美的。

古诗文中有“肤如凝脂”“口若樱桃”这类描述，而事实上谁也没有见过像樱桃那么小的嘴，因为樱桃的色泽诱人、味道可口，用于作为美人唇的比喻能够让人见字便联想到美妙的水果，可见也是美的。比如，之前在外用餐时给我们倒茶的姑娘，长得特别好看，令人赏心悦目，看见她就忍不住想多看几眼，最好还能交谈几句，我能感受到自己心情愉悦，这就是很直观、很自然对美的感受。

古谚云，楚王好细腰，宫中多饿死。自古以来，审美是有阶级的。封建社会，物质和财富都集中在王公贵族阶层，贵族流行什么东西、以什么东西为美，往往会上行下效。这个东西本身是不是美的并不重要，重要的是宫廷和贵族认为它是美的。楚王偏好苗条细腰，这种偏好从高到低往民间流传开去，于是老百姓纷纷效仿，人人以盈盈一握为美。模仿者比始作俑者更狂热，为了拥有细腰，宫人们宁可少吃一顿，那些瘦不下来的则情愿多饿几顿，以至于有人因此饿死。事实上，吃不饱的人皮肤头发都会失去光泽，哪里有什么美可言。

欧洲的宫廷其实也是一样，历史上最著名的鞋子收藏家，首推法王路易十四，他是一个伟大的国王，可他的身高只有一米六，他会利用高跟鞋把身高提高10厘米。17世纪70年代，路易十四下令，只有宫廷成员才有资格穿红色的高跟鞋。在当时的法国，判断一个人是否得国王宠爱，只要低头看看他的鞋就行。慢慢地，在法国民间也能买到未经官方授权的仿制红鞋。

欧洲人对高跟鞋的热爱，其实是为了展示男性魅力，随着女性追求时尚风潮的兴起，设计师开始从其中攫取灵感，高跟鞋便在女性和孩童中流传开来。女性开始剪短头发，往衣服上添加肩章，她们戴上男性化的帽子，穿上高跟鞋，这可以让她们看起来更加阳刚，就这样，欧洲上流社会又开始流行中性的鞋子。

德国的贵族男性有一段时间流行大肚子，那肚子必须凸出来，他们才觉得是美的。可如今，你看着画像上路易十四的高跟鞋、德国国王的大肚子，恐怕会有“娱乐”的感受而非愉悦的感受。

我的朋友Dr.King创业前是三甲医院的整形医生，他总是能够一眼就看出别人整形的痕迹，这一点让我很是好奇，老追着他问：“哪里？怎么看出来的？真的有吗？”

一次我在他面前提到想去“整一整”，他透过厚厚的镜片扫了我一眼，漫不经心地说了一句“可以再等两年”，说这句话的时候他的眼睛并未看向我。两年过后，我便蠢蠢欲动起来。毕竟，越来越深的悬针纹，逐渐下垂的苹果肌，让我看上去苍老又严肃——这可不是我喜欢的形象。于是，由King博士介绍了一位技术和审美都极靠谱、价格也十分昂贵的医生，做了除皱和超声炮。行动之前并非没有担忧，尽管是非常信任的熟人介绍的，但那些大牌明星、年轻小花被整残的案例就活生生地展现在我面前。他们的医美资源已经是人间天花板级别，非普通人可比，他们的结果尚且如此，普通人面对的风险肯定更大。但是，想想自己这张老脸也用不了多少年了，好奇心和冒险情结还是战胜了对风险的担忧——就当是一次人生体验吧，就一次。

进入“治疗室”之前，我被要求签署了一系列的“手术知情同意书”，内容甚是骇人，与医院的手术通知书没有什么两样。起初我还不理解一个轻医美项目为什么要用“手术”这样吓人的字眼，直到几天之后，我在镜子里反复审视自己的脸时，突然明白了，这绝非危言耸听。

躺在美容床上，我的脸经历了热、烫、麻、冰、木各种考验。说不疼是假的，但疼得也不十分厉害。过程中，医生和助理不断地轻声和我聊天，贴心地给出各种缓解不适的小贴士。助理们大多是医院护士转行，聊天中她们都称我为“病人”，这种无意识的称呼，让人感觉医美是个严肃、专业并带着危险成分的工作。几小时之后，我从狭窄的床上坐起来，镜子里的脸并没有很大的不同，只是红彤彤的一片，皮肤绷得紧紧的。

第二天早晨，我惊恐地发现自己的下颌呈现了一个直角形，难道运气这么糟糕，第一次就被整残了？再等等看，也许稍后会有新的变化。心里忐忑不安，我一次次地进出洗手间照镜子，左顾右盼。先生好像没有发现我的异常，这让我稍稍安心了一点——也许，其实并不不明显？

所幸半日之后，直角下颌渐渐复原成一个漂亮自然的弧形，我这才松了一口气。想起昨天的“手术知情同意书”，我有点明白这种表面没有疤痕的操作和动刀见血的手术本质上没有什么两样。

比直角下颌更困扰我的是除皱后遗症。肉毒素让肌肉僵直，皱不了眉头，皮肤不再受挤压，皱纹自然也就不会继续长出来了。可是，对一个表情生动的人来说，不能皱眉是件痛苦的事情，不仅无法表达情绪，就连思维也变得迟钝起来。人的情绪和肌肉状态息息相关，紧张时肌肉都是绷紧的，而人大笑时浑身肌肉都是放松的。我对付紧张情绪有一个小窍门，那就是用假笑来提升笑肌，连续10次以后，紧张的情绪自然就能够得到缓解。重要的考试，或是在大型的演讲之前，我都会用这样的方法来放松神经。

人的情绪会影响肌肉状态，反之，肌肉状态也能影响人的情绪。始终处于表情僵硬的状态，容易让人沮丧。那些整容失败的人患上抑郁症，一方面是因为面貌受损造成了心理创伤，另一方面是因为肌肉活动受限带来了情绪变化。

我把自己的困扰告诉了办公室里的女孩子。她们听后轻轻摇头："这算什么，不过是一次美容，离医美整形还差得很远。"在她们眼里，我经历的煎熬最多只能算是不适，实在有点儿大惊小怪。于是，原本以为能博得共鸣、同情和安慰的我，只好悻悻然闭嘴。

衰老是自然规律，人无法超越事物本身的规律，若想征服规律，和一个更大的秩序去对抗，在这个过程中人就会活得很矛盾。

放弃内耗，活得更从容和更自然一点吧，不要太想着去抵抗。我并不反对跟命运抗争，但“抗争”的前提是接纳，停止内耗，然后才有可能集聚能量，以积极正面的心态去应对。跟命运抗争并不是说要与自然规律抗争，而是即便身处不利的境遇也要保持信念，顺应时势找到绝地反击的机会，从而扭转向下的势头。想要扭转乾坤就必须顺势而动、择机突破，硬拗是不可取的。

从身体到心理都去树立一个敌对关系，这只会消耗你自己的能量。癌症病人用放疗和化疗杀死癌细胞，不让它们再生长，这是杀敌一千自损八百的做法。中医对癌症的治疗，有一套方法叫扶正固本，意思是让你自身的免疫力和癌细胞去做协调，你自身的免疫力提高之后，癌细胞即便没有完全消失，也不会再对肌体造成影响，人体还是可以正常存活下去，也就是与癌症共存，这样的中医智慧是我个人比较认同和崇尚的。

外部世界总是好坏掺杂，我们不可能将“坏的”部分摘除干净，唯一可以选择的就是共存——接纳远比抵抗更有力量。人生过半，我逐渐发现这是一个好方法。

一切对抗都不会令人愉悦，且失去了愉悦的感受，也失去了美的感受。

不被
他人定义的美

医美的源头其实是战场伤兵救治。战争会让很多人在生理和心理上留下伤疤，为了弥合这些人的心理创伤，整形医学应运而生——整合残破的躯体、弥合心灵创口。有些病人在手术后会留下伤痕，这个永久的记号对人的心理损伤还是很大的。如果能够用医美的手法缝合伤口，伤疤就几乎看不见了，对于病人的术后康复和身心健康有很大的帮助。整形外科的创立本着医治疾病、抚慰心灵的宗旨，是一项功德无量的发明。

当下的整形外科逐渐演变成了让人改头换面、保持年轻面容的场所。用新技术提升皮肤健康度，让其变得更美观，我觉得这无伤大雅。但是，如果要上升到审美这个高度来讲的话，就不得不讲一讲哲学、心理学与价值观，因为审美就是这三个领域的总和。

我们的社会已经不存在什么王公贵族了，但审美依旧是从高到低流动的。影响人们审美偏好的是那些有影响力的明星、关键意见领袖，以及背后资本的利益等。这其实就是资本对消费者的掌控，通过明星、网红去绑架整个社会的审美。

大家追求美，更多时候是在追求一个“认同”，而不是“愉悦”，这之间的差别是巨大的。我想变成某个特定的样子，是因为我变成那个样子以后，你们都会认为我是好的。这个认同就是给别人看的，是被男性视角或者流行审美所裹胁了的，是一种限制女性的枷锁。

唐代，大家都觉得胖更好看，现在大家都觉得瘦是更好看的。为什么呢？因为有人定义了新的美的标准，现在又有人定义了“白瘦幼”这个标准，几乎所有人都是往这个方向靠拢去定义“美”。明星越来越追求“少女状态”，有的品牌甚至只卖60厘米以下腰围的服装。女明星以“冻龄”为傲，从25岁开始就要去做抗衰……这其实是某些掌握了影响力的人对公众进行引导，是某种程度的操控，早已远离了“身心愉悦”的范畴。它诱导人们追求畸形的审美趣味，是有害的，甚至是恶劣的。

自然世界里，雄性的外表通常比雌性更好看，这样的设定是因为生殖资源的稀缺，雄性需要通过展现自己的优势才能获得交配和延续基因的机会，作为资源优势方的雌性则不需要通过外表的吸引力来完成基因延续。女性开始“以色事人”是在失去了优势地位之后，获得男性的青睐不仅是繁衍后代的机会，更附加了人身安全、家族安危、社会地位等价值诉求。对于“美”的追求，几乎就等同于对于“生产力”“竞争力”的追求。女性如果对于自身的价值有了确定和自信，是完全不需要为他人的审美标准所左右的。

我曾经见到过一个女孩，只见了一次，却印象深刻。女孩是否美貌我已经无法辨识，因为我见到她的时候，她已经整容数次，百分百符合“白瘦幼”的标准，而她本来的面貌已经完全看不清了。她混迹在京城富二代的圈子里，一心想要嫁入豪门。女孩很年轻，我第一眼看到她时感觉到了强烈的不适。我其实很为自己的这种感觉感到困惑，我不知道是不是自己的心理出问题了，我只感觉她的皮囊和她的内核是分离的，由于这样的特殊体验，我拒绝了和这个女孩见面吃饭的邀请，我担心自己会出现更严重的反应。

我为异常强烈的感受反复体会了很久，我很怕自己的反应是源自对女孩追逐富二代而产生的偏见，我也担心自己对过度医美的人群不够宽容，我也再三确认了自己对这个陌生女孩并没有任何的恶感。但是那时的感受是如此真实和强烈，以至于我无法忘记。有时候，人的生理反应是非常聪明的，身体会告诉你一些头脑侦测不到的东西。

之后听一个和这个女孩比较熟的人说起，她出身于南方某个小城的普通家庭，家里经济状况一般。她持续不停地整容，这次看到她跟上次又不太一样了。女孩没有固定的工作，曾经因为感情问题多次自残。一具没有独立生存能力，没有自我价值的躯壳无异于行尸走肉。

人类对外表美丽的追求永无止境，而人的感官对美的感受力是有限度的，这个限度就是，不会引发生理上的不适，自洽的才有可能是美的。

辑五

活在自己喜欢的状态里

活着，不仅是活着，更需要品质的生活。

品质人生，指的不是吃得好、穿得好、用得好，

它代表的是人应该以怎样的精神面貌去热爱生活。

长期主义是一种选择

女人都希望青春常驻、容颜不改；男人都希冀少年得志、功成名就。可我们从小就知道铁杵成针、水滴石穿。时间，究竟是敌意更大，还是善意更大？

人人都想变得富有，但很少有人具备变富的耐心。查理·芒格说：“你想要挣钱，你要变富是有前提的，前提就是你要接受自己慢慢变富。”

时间的积累是有力量的。大家对复利计算这件事情应该不陌生。要发挥复利的作用需要三个要素，一是利率，二是计复利的频次，三是时间。10000元的本金，如果按4%的年利率，每年计复利一次，5年后的本息总和是12166.53元，增加了21%；10年后本息总和是

14802.44元，增加了近50%；20年后则增加一倍多，达到21911.33元。财富翻倍增长很不容易做到，在20年复利之下却是大概率事件。

我们公司有一个男孩子很有意思，他看到黄金价格涨了，就劝说办公室的同事都去买黄金。他说自己早在2022年的时候就断定黄金价格会涨，每年获得10%的收益自然是不在话下。然而，不过两三周的时间，黄金价格就出现了暴跌。听了他的怂恿在那几天买入黄金的同事，怕是要捶胸顿足了。

所谓每年10%的收益率，可能是从2010年到2020年黄金价格涨了100%，平均每年上涨10%中得出的结论吧！我从2015年开始，每年过年的时候都会去买一根金条，既是祈福也是投资。我记得第一次买的金条大概是250元1克，10多年后的今天，价格确实是翻了不止一倍。以10年为期限来看，各国增发货币，保持一定程度的通货膨胀是大概率事件，作为货币基准的黄金价格上涨也是大概率事件，如果可以在这10年中守住筹码，那么赚钱自然也是大概率事件。但如果我们把时间期限缩短到一年、两年，是否还能够在黄金投资上挣到钱就十分不确定了。

长期主义不是简单的坚持，世界的运行是有周期规律的。

在过去的40年里，我国经济发展速度逐年递增，这样的速度，放到整个人类历史进程当中来看都是相当少见的。美国、英国、荷兰等曾经抓住过历史性发展机遇的国家，也都只是在很短一段时间内出现过类似的增速。现在，经济增速放缓，历史窗口期一过，一夜暴富的机会就很少了，但这样的状态才是正常的状态。

当你活得足够久了，会发现那些“老人言”都是很有道理的。这也是长期主义想要表达的意思，当我们把时间的维度拉到足够长的时候，很多看起来新奇古怪、变幻莫测的事情就变得清晰而简单了，所有的新事物都是在重复之前的规律，只是以不同的形式与面貌出现而已。

桥水基金的创始人瑞·达利欧的著作《原则》将最近500年里各个国家盛衰交替的时间线和基本原因做了分析和比较。一个国家在某个时间段超越其他经济体的最重要因素之一是技术推动——第一次工业革命、第二次工业革命，一直到现在的第三次工业革命和第四次工业革命——也叫能源革命，改变的都是三样东西，一是生产力，二是通信方式，三是物流方式，这三样东西发生变化，整个商业社会的基本运行方式也就随之改变了。

现在的沟通方式可以做到即时对话，形式多种多样，微信、视频、卫星电话……之前沟通需要写信、拍电报，费用高、时滞大。之前的物流靠人力，靠马车，有了蒸汽机之后靠火车，靠轮船，现在有了飞机，速度更快，上海到北京的快件第二天就能够送到。比这更快的是3D打印，根本就不需要运输实物，将参数输入电脑，在收货地购买材料，通过3D打印，货物就在收货地被生产出来了。有了这些新技术，整个商业社会的运行方式就会发生颠覆性的变化。

这些颠覆式性变化对我们造成了巨大的冲击，在我们有限的生命里，都是第一次亲眼看到，第一次亲身经历。这些看上去全新的东西，如果放在近500年的历史中去观察，可以发现它们都是有规律可循的。

认识周期可以帮助我们了解自己身处在哪一个历史

发展阶段，从而做出更符合自身利益的选择。

2021年，家里堂侄中年得女，喜不自胜。孩子才6个月大，家人便开始替她谋划上学的事情，于是起心动念要卖掉近郊的公寓，拆借加贷款，置换一套核心城区的学区房。买房置业是大事，堂侄不敢马虎，于是向身边的人请教。我不是房产专家，更没有预知未来的能力，我只知道教育资源会趋向均衡，房产投资的风险可能会比较大，且小学教育对孩子一生来说也并非决定性因素，因此我投了反对票。我这样说并非劝阻大家买房，而是强调在大笔投资的时候要去关注周期，在看不清趋势的时候不要盲目做决定。

长期主义的前提是“活下去”。一味地死守并不符合长期主义的定义，长期主义是为了谋求更确定的收益，因此会拒绝短期的、暂时的利益诱惑。2020年4月2日，瑞幸咖啡承认财务造假，股价暴跌80%，被迫暂停交易，这是典型的被短期利益蒙了心。陆正耀被迫离开董事会，另立山头创办库迪，但迄今为止没有看到赢利的可能性，早期在加盟商中间积累起来的信用也被消耗得差不多了。瑞幸咖啡却熬过了最艰难的时期，在

2023年首次超过了星巴克在中国市场的总销售额。

投资也是一样的道理。人很容易把大趋势中的获利当作自己独具慧眼。一个人在股票市场赚了钱，成功了几次，就认为自己已经找到了成功之道，进而加大投入力度，期待着重复成功，却往往忽略了概率问题。

天地不仁，以万物为刍狗。时间是天地的一部分，无私且无情。保持耐心，不贪图短期利益，不与周期性规律对抗，意识到每件事情都存在概率的问题，这是每个人都要具备的长期主义者的思维和选择。

人生
有无限种可能

我时常感受到内心的分裂感，但这并非全然痛苦的事情。在这个提倡活出自我的时代，这个话题无疑值得我们深入探讨。

关于如何找到自我，已成为大众热议的焦点。然而，我不禁要问，到底何为真正的活出自我？是否只有成为独当一面的女强人才算得上活出了自我？在我看来，答案显然并非如此单一。

不知道是宇宙规律，还是人心所向，进入2023年之后，关于女性成长的内容确实成为流量密码，各种新鲜的说法层出不穷：活出自我，忠于自己，不被定义的人生……可是细细追究，竟也不知道确切的含义是什么，大概的意思是清楚的——女性要强大起来，要不在意外界的眼光。

提出一个勇敢的目标是不容易的，而付诸实践去实现目标，更不容易。女性要强大起来，要不为外界所影响，这与活成一个坚强的成功女性并不是一回事。

人生不只有一种活法，幸福快乐、舒适自洽，就是值得的一生。

小米是我最好的朋友，我们从幼儿园开始就是同学，如今我们都已步入中年。小米学习比我更好，也不怎么偏科。我们高考那一年，上海卷的数学特别难，我才考了61分（满分150分）。小米考了101分，然而意外地被吉林大学录取。说意外是因为她并没有打算去外地读书。我们读大学的时候，是要把户口迁到学校所在地的，上海人对上海户口很重视，都不愿意迁往外地。

小米在吉林待了4年，毕业后回到上海找工作。由于迁户口需要一段时间，而没有户口就无法找工作，因此她找工作变得有点儿困难。于是不得不托关系、走后门，还花了钱。最后在舅舅的帮助下，找到了一份汽车维修公司的财务工作。她就在那里工作了一辈子。

我一直为她感到不平，全国一流大学的毕业生，怎么能在一个民办小企业屈就？几年之后，我积累了一些人脉关系，想帮她换一份赚钱更多、社会地位更高的工作。

小米想了想，还是拒绝了。她告诉我，她很满足现在的生活，因为单位离家很近，一天可以回去两次，一次洗衣服搞卫生，一次做晚饭。孩子的学校也在附近，午饭和午休也很方便安排。收入虽然不算很高，但也足够生活，足够带上父母公婆一起出国旅游，一家人生活得十分安定满足。

我一度以为她只是害怕高强度的工作，所以选择安于现状。直到有一次我俩结伴去杭州游玩，路过一家有名的绸缎庄，一圈逛下来觉得应该买点什么留作纪念。小米一向喜欢有光泽的东西，一套丝绸床品令她不忍离去，于是买下四件套，当时的价格是4800多元。我被这个价格吓退了，思量再三，只买了一对丝绸枕套，听说枕着丝绸枕头睡觉脸上皱纹会少长些。小米说我不懂生活，睡觉是人生最重要的事情之一，值得认真对待。一套舒适、奢华的床品，比一套华服带来的幸福感要强烈得多。

就这样，小米挣着不多的钱，上着不煎熬的班，过着自在的人生。她对自己的生活充满了满足和自豪。每个人都有自己的选择，没有哪种选择是绝对的好或坏。自己满意的，理性而克制的生活，就是美好的生活。

尽管过着平凡的生活，小米却从未失去对人生的独特品味。她不仅有我这样一个“成功”的朋友，还有另一位与我背景相似的女性大学同学，我们依然能够深入对话，交流彼此的看法。小米并没有因为生活圈的单一而活成那种只有眼前的苟且的状态，反而保持着极高的认知水平。无论是阅读书籍还是与我们聊天，她都能展现出深刻的见解和智慧。她的人生，虽然并非强势显赫，却同样充满了理想的光芒。

小米问过我一个问题：为什么我们走的路不一样，还能一直做好朋友？我认真感受了一下，觉得小米的人生态度给了我一片慰藉，化解了我很多的焦虑。曾经，我一段时间不读书就担心错过了新的知识，工作环境里没有智者的教导就担心自己会变得愚钝，于是起心动念换工作。我仿佛时刻都在害怕被淘汰，害怕自己会贬值。想想小米，我会感觉心胸豁然开朗了一些。跌跌撞撞走到今天，我仍旧偶尔生出会被社会淘汰的担心，但我很确定的一点是：失之东隅，收之桑榆。关键是，你是否能始终用心去感受。其实，任何一种生活都是极具意义感的。我们执着于某一种自我认定的意义，是视野过于狭窄，过度关注自我，太少关注他人和外部世界的结果。

我们总是习惯于羡慕他人所拥有而我们未得到的东西。最近一次，我深深羡慕起了一位前同事的生活。她曾在百胜担任HR，但几年前，她突然宣布退休，并开设了一个公众号，分享了她的一篇生活气息浓厚的文章到我们的同事群里，引起一片赞叹与羡慕。我更是心生向往，甚至特地邀请她出来见面，希望了解更多。

我们约在武康大楼的老麦咖啡馆。十多年未见，我们都老了，身材发福，鬓边斑白，只有语速还是一如既往的快。她向我坦言，顾问的生活其实并没有看上去那么完美。她为了自由，牺牲了稳定的收入。她现在的身份是企业顾问，虽然有收入，但这份收入并不稳定。我听后心中半信半疑。时至今日，我也步入了企业顾问的行列，才深切体会到她所言非虚。企业顾问虽然深受尊重，但比起每月按时到账的薪水，顾问的收入需要靠自己去争取。从高级职员到独立顾问，想要保持快乐，就要理解自由是有代价的。

人生并非只有一种活法，每种活法都有它美好与缺憾的一面。关键在于你是否对自己的生活感到满意，是否觉得这样的生活让你开心。我一直告诉我的女儿，人生最大的目标就是幸福快乐地度过这一生。想要实现这一目标，就要找到真正能让自己感到幸福和快乐的事物，这才是生活的核心。

拥有自己满意的人生才是真正的活出自我，我们并非要活出一个强悍的人生。人生是旷野，不是赛场。

全职太太是
智慧的“CEO”

我不止一次被问到如何平衡事业和家庭，我觉得这个问题本身是有误导性的。“平衡”在我看来不是指平均、并重，而是指“兼顾”，是有主次的。有些人以家庭为主，有些人以工作为主，这都是“平衡”的一种形式。工作和家庭，无论哪一项都会占用已婚女性的很大一部分时间。无论希望在哪个领域做到十分优秀，你都需要付出比一般人更多的时间和精力，哪怕你天赋异禀。我们每个人都挣扎在职场和家庭之间，两边都尽到自己最大的努力，希望能够做到最好。虽然二者兼顾得十分完美的例子非常少见，但我们仍然可以看到有些女性在这两方面都做得比另外一些女性更好，这不是依靠某种“平衡”的技巧，而是因为每个人能力圈的大小不一样。

能力圈更大的女性，哪怕只是分出一小部分时间和精力放在工作或家庭上，也会比另外一些女性的全部努力更有成效。因此，所谓事业和家庭的平衡，关键要看在哪个水平上的平衡。如果你的整体能力范围很大，那么你能够分配给家庭或者工作的资源就多；如果你的整体能力范围很小，再多的努力也只能带来一点点的改善。所以，我们要做的是提升自己整体的能力范围，而不是想着如何学习一些技术，像杂技演员那样，在有限的空间里能够把所有的球抛起再接住。

我不是一个称职的妈妈。至少，在我女儿读大学之前，我都对她缺乏耐心，可能有些育儿专家会对我进行批判了。专家都说孩子6岁以前的心理成长非常重要，又说青春期的孩子更需要陪伴。如果按照这个标准，我是全盘错过了和女儿建立亲密关系和良好互动的最佳时间。我现在回想起来会觉得遗憾吗？我觉得可能是遗憾的。但是，如果让我重新选一次的话，我恐怕还是会走原来的路。女儿出生的时候我27岁，事业刚刚起步。

我也很幸运，在我职业生涯的早期就能够遇到非常好的职业机会。

每年都有升迁，薪水越来越高，责任也越来越大，更要经历频繁的出差、学习、加班。我自己对工作要求非常高，所以我的工作时间和休息时间，几乎是没有边界的，没有一道清晰的界限划分工作状态和非工作状态。我随时随地都会想起工作上的一些事情，一旦想到了便会立刻着手安排。有时候走在路上，观察到一些细微的现象，也会让我联想到工作上的某个难题，从而获得灵感，立刻就把新鲜出炉的一些好主意分享给办公室的同伴。我把我所有的重心都放在了自己身上。如果我说把重心放在工作上，或许听上去更冠冕堂皇一点，可以让自己少一些自责和内疚。那个时候我想要的是职场上的高歌猛进，我希望能够迅速成长，在工作上能够得到大家的认可。所以，在我女儿读大学之前，我所有的重心，其实是放在自己身上的。

谢丽尔·桑德伯格的著作《向前一步》中有一个章节叫作“要成功也要受欢迎”。可见，一个女性在职场上受到的评判是很严苛的。你不仅需要每天形象得体，神采奕奕，还需要举止优雅，态度可亲；你既要专业冷静，也要机智风趣；要平和稳定，还要雷厉风行，时刻以一种一切尽在掌控的姿态出现在大家面前。你要能干，你要得体，你还不能胖。

曾经有一句话叫作“如果你连自己的身材都管理不好，你怎么能管理那么大一个团队”，在我看来，这就是一种精神PUA。人的身材很大程度是受基因的影响，有的人喝凉水都会长肉，而有的人无论吃多少也不会变胖。此外，睡眠、激素分泌等因素都会影响人的体态和身材，保持体重也并非只靠健康饮食和持续运动那么简单。

同时，你最好已经成家，有正常的家庭生活。虽然在外企不会有人过多地探听你的私人生活，但往往一个有丈夫、有孩子的女性，才会被视为正常、健全的女性。

我有一位忘年交，他是一名福建商人，生意非常成功，人脉也非常宽广。他是一个敦厚平和的人。有一次聊天，他对我说：“一个女人如果不会挣钱，在家里还蛮横，人家最多说她是不懂道理，粗俗无礼。但是，如果一个女人会挣钱，还在家里保持强势，那么别人就会说她仗势欺人。”

我知道这是偏见，是可怕的价值观扭曲。同时也知道我无从辩驳，不得不说我这位福建朋友的观察是正确的。收入远超过丈夫的职业女性，要想在家里减少矛盾，就要适当示弱。这算是一种处世智慧，但也从侧面反映了社会对职业女性的苛刻要求。

所以，我不认为我们需要在全职妈妈和职场妈妈之间去做取舍。关键在于，你要去提升自己的整体能力圈，让自己的能力范围更大，能够分配给工作和家庭的绝对时间多了之后，就不必用二选一的方式来解决问题。当能力实在不够，必须做出选择的时候，我也建议你所做的只是一个阶段性的选择，你只是暂时把重心放到家庭，无论如何，你必须拥有一份足够养活自己的收入。

当然，有人会说，一旦脱离了职场，再返回就非常难了。确实如此，当你离开社会很久，重返职场需要从头开始学习，你之前的工作经历可能就会全部归零。反过来其实也一样，像我这样错过了孩子成长的最好年纪，现在也需要用加倍的努力，才能够弥补过去在母女关系上的投入不足。

在我女儿上大学离开家之后，我的职业生涯恰好也进入了一个新的阶段，反而有更多的时间把关注点从自己身上挪开，投注到包括我女儿在内的更年轻的群体身上。当你对她的关注多了，那种天然的关爱是很容易被对方体察到的。这个时候的你已经有了丰富的阅历和更牢靠的经济基础，情绪也更加稳定。你能够很敏锐地捕捉到孩子的需求，同时也有相应的实力支持和满足孩子的需求。

绝对的平衡是不存在的。无论怎样选，都会有遗憾。

早在20世纪初，中国社会就大力提倡女性要从家庭走向更广阔的社会舞台，“个性主义”的思潮给了女性更多的选择。女性可以在家相夫教子，也可以成为全职雇员，对于女性的职业选择，整个社会的宽容度变大了。

努力拼搏、活得强悍并非生活的唯一方式。我所羡慕的那种舒缓的生活方式，其实就在我身边。我的一个邻居女生毕业于日本的名牌大学，却选择了全职在家。她的成长和教育体系让她坚信，女性的角色就是成为全职妈妈，她成功地养育了两个孩子。

在与她的交流中，我惊讶地发现，原来生活可以这样简单而纯粹。她无须兼顾事业，也不需要婆婆的帮忙，因为她坚信照顾家庭是她的责任，她的生活态度让我深感震撼，刷新了我对女性角色的认知。

在中国，普遍存在的现象是男性在家庭生活中显得比较弱，没有能力承担家务，没有耐心教养孩子，这也导致了婆婆常常插足小家庭生活，从而激发矛盾。这并非单一事件，而是社会的某种普遍现象。解决这一问题，并不能要求女性变得强悍，我认为，我们应该倡导更加灵活、柔和的价值观，唯有如此，女性的生存空间才能得以拓宽。

同时，我们也需要引导女性认清社会现实——中国男性普遍存在的问题，以及社会对全职太太并不那么友好的态度。我始终认为，无论女性选择成为全职太太还是灵活就业，都应保持自身挣钱的能力。婚姻是一段长达几十年的契约关系，其间变数众多。将自己的生存完全寄托在另一个人身上，无疑风险是极高的。

因此，我们必须认清这一现实，明白婚姻不仅是情感的结合，还是法律约束下的契约关系。我们需要基于《民法典》了解并明确自己在婚姻中的权利和义务，在此基础上做出理性的决策。

社会对全职太太的认可和支持程度是女性选择继续工作还是回归家庭的重要考量因素。这会让我想到一个词——“渡边太太”，渡边是日本第五大姓氏，渡边太太不是指具体的一个人，而是日本普通家庭妇女的代名词。

20世纪90年代的日本，在经历了经济高速增长期后，陷入停滞状态。为了保护家庭资产，渡边太太发现了一个安全且简便的赚钱途径，那就是套利。简单来说，就是把钱放到利息更高的地方去，购买债券等安全性高的资产，以此获取收益。当时日元和美元的息差高达5%，渡边太太在早上买完菜后，会在10点左右进行操作，很多日本家庭靠太太的套利获得资产增值。这一现象也引起了华尔街的重视，被视为有影响力的散户力量。日本的家庭主妇受教育程度普遍较高，对于“主妇”这个身份，她们选择当作一项事业来做，给家庭提供了更高的价值。

几年前有一部热播剧叫作《知否知否应是绿肥红瘦》，讲述的是古代豪门的后宅生活，剧中三代家庭主妇都识文断字、见识非凡，不仅需要生养子女，还要管理几十上百号丫鬟家丁，打理庄园店铺生意。她们还会结交权贵夫人，必要时给自己的丈夫打通职场道路。这份“工作”的复杂程度可想而知，不管是从智力体力，还是人格修养，对她们的要求都极高。这哪里是什么家庭妇女，分明是一个受雇于自己的“CEO”。

因此，不要小看全职太太，她也是一个家庭的“CEO”。

请忘记
平等这件事

我身为女性，却很少感受到性别上的劣势所带来的影响。虽然我父亲一直很希望有个儿子，但是他从来没有因为我是女孩儿就轻视我。相反，父亲对我十分爱护，始终把我当作他生活中最重要的一部分。我唯一一次感受到性别歧视是在大学毕业的人才招聘会上，当时爱建工贸来招聘，学生处推荐了几位学习成绩不错的候选人，我是其中之一。面试官是一位老先生，在问完了所有问题后，对我说："你是女生，毕业后很快就要结婚生小孩，如果我们录用了你，这个问题可怎么办？"

我当时有点儿蒙，这个问题对于一个还没有出校门的女孩子来说显然有点超纲了。我已经不记得我当时是怎么回答的，总之那家公司最后没有录用我，而是录用了隔壁班的一个男生，而我的各科成绩都比那个男生优异得多。我最后被一家专业外贸公司录用，之后跳槽到外企，一路打拼至今，而爱建工贸公司早已辉煌不再。男女平等是我国的基本国策，作为国资大企业的领导，这位面试官的政治水平和思想觉悟显然大大落后于社会平均水平了。

女性所要求的“平等”主要是在受教育、参与社会劳动获取报酬、平等地参与家庭事务、决定孩子生养、支配家庭财物，以及自由平等地参与政治活动这些方面。国家统计局的数据表明，2022年在校女大学生占比为50.0%，达2900万人，女研究生的占比为51.2%，达181万人，在接受高等教育方面，男女人数均衡，同时女性接受高等教育的绝对数正在快速增加。

有些贫困地区多子女家庭仍会优先将受教育的机会给予男孩，但父母的观念在宣传导向和一批批热心公益人士的感召下正逐步改变。我的大学校友一直不间断地为江西山区需要助学资金的女生对接出资对象，我也曾参与其中，希望能够为勤奋好学而家庭困难的女孩子提供帮助，让她们可以站得更高，看得更远。

从薪酬来看，根据智联招聘发布的统计数据，2023年，女性的平均薪酬为8689元/月，与男性的9942元/月相差1253元，总体来看，男女薪酬差距呈逐年缩小趋势。2019年，女性比男性月薪低23.5%，2023年相差约12%。这在一定程度上说明女性的职场价值日益得到更多的认可。女性在职场的自信程度也在逐步提高，45%以上的女性认为自己的工作表现优于同级别的男性和女性。

在中国，特别是在上海，我们很少把“男女平等”挂在嘴边，因为上海女性的地位至少已经和男性一样高了。一般家庭当中掌握“财政大权”的都是女性，置业买房这类大事，基本上也是以女主人的意见为主。“大女主”意识在一线城市以外的地方也迅速蔓延开来，越来越多的女性相信自己天然拥有和男性一样的权利。

中国的部分男性仍觉得自己的性别拥有一定的优势，能够占据主动权。可事实上，现在的女性读过书、上过班、创过业、赚过钱，社会已经赋予了她们和男性同等的选择权。

经济独立的女性在选择方面的自由已经不输男性，甚至超过了男性，已经可以放下“平等”这个口号了。不过，尽管如此，女性在结婚生育及家庭事务等方面，仍面临更重的负担，由此带来的职场劣势也是当下职业女性最关注的话题之一。

在生育和教养后代这件事情上，男女的生理功能决定了天然的分工，女性在怀孕、生产、哺乳阶段的生理负担极重。在孩子的早期教育阶段，女性在养育方面付出的时间和精力也必然远远多过男性。从这个角度来讲，结婚成家需要女性付出更多。当女性在受教育和参与社会劳动方面已经取得和男性差不多的机会时，女性已经不需要把婚姻当作生存依靠，因此对于是否成立家庭和是否生育子女也开始有了独立思考，并拥有了自主决定的能力。

中国的男性成熟程度普遍比较低，能够且愿意承担家务的男性数量比较少。上海是一座相对更开放和文明程度更高的城市，上海男人更愿意分担家务，在养育子女上也愿意投入更多的精力。甚至不少家庭是以男性为主来打理诸如照顾老人、辅导孩子学习等家庭事务的。

然而，这样的一个群体反而给全国人民留下了“上海小男人”的印象。过去，一些春晚小品里经常可以见到系着围裙，懦弱胆小的上海男人形象。虽然现在“地域黑”已经减少了很多，但整个中国社会仍旧是以男性为主导的，更鼓励男性“主外”。

我们身处的社会，无论是热门的网络平台，还是生活中的各种场景，对女性的评价标准往往仍以男性视角出发。当一个男性获得了财富、地位或声望时，人们会将他们列为成功人士。而对于女性，单单在事业上成功是不会被认定为成功的。

对于男性，只要他能挣到钱，往往就能掩盖其他方面的不足。然而，对于女性，如果美貌且善良，但却没有赚钱的能力，会被称为“花瓶”；如果精明能干，财务自由，则会被称为“女强人”，仍然不足以证明她的优秀。她还需要同时保持家庭美满、母慈子孝、美丽优雅、宽容善良、人情练达、持家有方，最好还能厨艺超群、精通琴棋书画。

尽管女性地位在不断提高，但截至目前男性仍旧被视作优势性别，在升学、求职、晋升等环节，男性仍然处在更有利的地位。不仅中国如此，即便是美国这样女性解放程度很高的国家，也仍然是一个男性视角的社会。

谢丽尔·桑德伯格在她的《向前一步》中用大量的数据证明了女性在薪酬、晋升、取得高管职位的实际比例上，都要远远落后于男性。社会期待和角色分工延续着几千年来的传统，不会在很短的时间内有一个彻底转变，更何况女性在生育子女这件事情上的作用，确实无法替代。社会舆论呼吁男性对家庭事务和子女养育投入与女性同等的精力，可事实上，男女天生的生理差别决定了女性更擅长处理细腻的、感性的事务，生育和哺乳更是无法由丈夫来替代。换言之，这一方面的“平等”是不存在的。

我个人认为这种天然的不平等并非对女性的束缚，而恰恰证明了女性是更高级的性别。

男女平等并不意味着男女同等，男女各自拥有独特的优势，我们没有必要在任何领域都要求男性“向前一步”或者女性“向前一步”。我认为所谓“平等”是指男女拥有同等的自由选择权和决定权，而不是一味地要求男性在家庭上投入更多的时间，或者要求女性拒绝当全职主妇。相反，我鼓励大家接纳和欣赏性别差异，让所有人都可以自由地在自己喜欢和擅长的领域发挥价值，分工合作。

合理的出生率是维持人类社会发展的基础。后代数量的锐减，显然是对人类社会安全的重大威胁。站在这个角度看，养育后代不是女性的责任和义务，也不是小家庭的责任和义务，而是全社会共同的责任和义务。要减轻家庭和生育给女性造成的负担，关键是要提供更多的社会支持，提供社会化帮助，在法律和社会制度上，确认家庭服务和子女养育的价值，减少全职家庭照顾者的后顾之忧。

去结识不同的人，
去认识不一样的世界

我一直对创业的动机并不十分明了，尽管我内心深处坚定地想要创业。直到最近，我偶然听到一位创业女生的分享，才真正想明白为什么一定要创业。她说："创业能够给自己一个别人无法夺走的标签，一个独特的ID。"这句话瞬间触动了我，让我看到了自己内心的真实渴望。

以前，无论我在哪家公司工作，哪怕那家公司再出色，我得到的标签都是暂时的，一旦离开那个岗位，就会有新的人来继承这个标签，而我只是一个过客，一个被遗忘的"前任"。创业则不同，它能让我拥有一个真正属于自己的标签，这个标签是独一无二的，任何人都无法夺走它。

我觉得这对我来说非常重要。不仅是创业，哪怕是作为专业人士，我也能拥有真正属于自己的职业身份。这种别人无法夺走的标签，是我追求和珍视的。我到底是谁，我觉得只能由我自己来定义，我不能是某公司的高管，这些title（职位名称）让我获得了一定程度的尊重，甚至是优待，但都不能让我感到完整。我需要一个属于我自己的、恒久的、能够跟随自己到人生最后的价值标签，这是社会赋予我的勋章，是生活对我的评价和奖赏。

我在樊登读书的工作算是“依附式创业”的状态，更贴切地说，是内部创业。职场上的转型是个重大事件，相较于“赛道”和“角色”的转变更重要的是，在这个过程中所遇到的人。身边的人变了，命运可能会随之改变。

加入樊登读书和当年加入小南国有一个相同之处，那就是我遇到了一些原本不在生活圈和认知圈里的人。这些人让我对中国社会的真实状况有了不一样的认识，这无疑拓宽了我的容忍范围，是件好事，为我之后的独立创业做了铺垫。

在小南国的两年里，我接触到了以前生活中从未出现过的人。其中有一位供应商，他之前曾因打架而入狱，我后来和他成了朋友，这样的经历连我自己都深感震惊。我离开小南国多年之后，还曾接到他的电话，电话里他说道："胡总，你今后有什么事只管找我，你这个朋友我认的。"

那时，我身边的同事、合作方的行为方式和处事逻辑都让我感到陌生和不安。我在小南国的上司，虽然年纪较我小三岁，但人格完整、处事成熟。他曾提醒我，我的容忍范围需要更宽一些。当年的我虽然未能做到，但已经意识到自己在人格成长中的"瓶颈"。带着这样的自我反省，我开始努力去改善。

在樊登读书工作的时间里，我接触了许多年轻人，他们都满怀热情和理想。他们中有的天资优异，在樊登读书那样宽松的环境里，很快脱颖而出。也有些年轻人资质平常，努力却不得要领。令我感慨的是，那些表现不佳的年轻人，他们的问题并非缺乏教育，而是心态上的贫穷。他们觉得只有通过竞争才能获得想要的东西。

他们错误地认为，别人失去了，自己才会获得，这种心态在如今的年轻人中间并不鲜见，让我深感惋惜。

之后我还遇到过各种各样的文化名人、企业家、投资人……他们大多知书达理、温文尔雅，常表现出谦卑的姿态和悟道出世的境界。但是，我发现无论平时多么清高自傲，有些人在利益冲突面前还是无法放弃竞争与剥夺，表面的云淡风轻掩盖不住内心的脆弱，在名利面前很少有人可以克服自私。

与过去接触的人群相比，我现在遇到的创业者或是企业老板，大多不屑于做个“好人”。我对“好人”的定义是，严格守法，六分利他。六分利他的意思是，对别人更好一点，把社会大众放在和自己同等重要的位置上。我发现不管是拿到结果的成功的连续创业者，还是初次创业仍在摸爬滚打的创业新手，都过分关注目标本身。为了达成目标，可以一再突破道德底线，甚至游走在法律边缘，对过程缺乏耐心。

总的来说，近两年来我遇到的人，在世界观和价值观方面都和之前大不相同，这种陌生感让我一度感到恐慌，怀疑自己是不是走在正确的道路上。但我知道，到了这个年纪如果再不拓宽“舒适区”，恐怕就没有机会让自己在精神上再次发育了。过去，我身处的环境过于狭隘，而现在，我想告诉自己，应该去看看不同的人，去看看更为广大的社会。

我的有些同事在大企业里待了一辈子，也被保护了一辈子，他们觉得自己和外界环境格格不入；有些人转战到小企业后，又想逃回原来的世界。

我能理解他们的感受。我也曾有过一段逃离的经历：从百胜跳槽到小南国，仅仅两年之后，我又选择重新回到外企。选择自己感到更舒适的环境完全没有问题，但从丰富人生体验的角度来看，这样的选择或许过于局限了。对我而言，人生是一场旅行，不同的体验组成了丰富的人生，这是我喜欢的状态。

成为一个自由的创业者后，我确实感受到了自己的容忍范围在逐步扩大，对于自己不认同的也不再感到厌恶。人性自有光辉，但也有灰暗的一面。我们不需要为此感到难过，更不必对此进行抨击和批评。

人和人本身就是不同的，这种多样性在本质上其实是件好事。你看，自然界之所以如此丰富多彩，就是因为有各种不同的生物存在，它们相互制约、相互依存，形成了自然的循环和平衡。正是因为有了这种多样性，世界才得以延续，宇宙才能正常运行。只有童话书才把自然的事物用好坏来区分，成年人的世界里没有那么多一分为二的是非对错，只有“不同”。

人和人之间的不同是自然而然的事情。如果我们意识到这一点，那么接下来要做的就是接受这种不同。不评判，不憎恶，我们能够做的是理解并与之共存，在可以施加影响的地方践行自己的价值观。

赶走黑暗最好的方法是点亮蜡烛，而不是诅咒和对抗。

创业是一项对个人综合素质要求极高的活动，不仅要求专业领域的知识积累，还要求较高的人际交往能力。创业者要有持久的毅力，要拥有接受任何可能性的强大内心。

创业是一场苦修，上市敲钟是修行的副产品，无论最终是否功成名就、财富自由，修行本身已经是一种巨大的获得。

人生不只有送别，还有归来

2024年5月的休息日里，大部分时间我都辗转于各个墓园之间。先是姨父落葬，之后是外祖母周年祭扫。外祖母和姨父是同一年走的，一个在年头，一个在年尾。

上海的墓地，论每平方米的价格，比徐家汇的商品房还贵。都知道墓地价格逐年上涨是确定的事情，所以上海民政局规定80周岁以上的老人才有资格预订，80周岁以下的只能随到随买。我父亲总是想着替我省钱，他觉得尽早买是最划算的。离80岁生日还有大半年，他就开始张罗这件事。我母亲却始终对这个话题十分忌讳，扬言这个事情是我的责任，不应该由他们操心。

这句话把我逼到一个尴尬的境地——不买就会眼看着价格飞涨，但催着仍十分健朗的父母选墓地，又实在不合适。私底下和先生商量，他告诉我：“哪有活得好好的被催着买墓地的？不过是多花点钱的事情，不急。”姨父走后，我母亲突然改了主意，在陪同二姨为姨父选定了最后居所的同一天，她当场就把自己和我父亲的墓地位置定下来了，就在姨父和二姨墓地的隔壁。姨父是同辈亲属中第一个往生的，这也许让她觉得暮色已近吧！

40岁以前，我从没进过殡仪馆或者参加过任何葬礼，所以我不知道死人是什么样子的，在文学作品和电影里看到的死人多数很恐怖，但知道那是假的，因此也就没那么害怕。40岁那年，我的伯母去世，得知几天后将第一次去殡仪馆，我开始焦灼不安。

我问我母亲：“殡仪馆吓人吗？”

母亲回答道：“不吓人。那里就像个花园，绿化挺好的。”

“尸体很吓人吗？”

“自己熟悉的人，亲人，不觉得吓人的。”

“我要是怕怎么办？”

“怕的话，你就站在后面一点，不要看。”

已经40岁了，我还从未见识过死亡，没有经历过生离死别，应该算是过于幸运了吧？幸运到了无知的地步。

殡仪馆确实如我母亲所说的那样，苍松翠柏、环境清幽、安静平和，全无一丝肃杀之气。一排排告别厅的外面站满了来送别的人，有的神色哀伤，有的平静如常。只有告别厅里传出的哀乐和哭声提醒着人们，这里是个非常之地。

大伯母从中年开始就患有高血压，70岁得了中风后一直卧床不起。我最后一次去看她是个冬日，她神志尚清，只是口不能言。告别的时候她抬起一只手，好一会儿都没有放下。我感觉到大伯母似乎是想和我握别，她期待我可以走近一点。可我却莫名地感到害怕，不愿意走近去握她举起的手。

我远远地望着她，一边犹豫着，一边戴上了手套准备离去。我不知道自己的不愿靠近是因为什么。难道是对生命流逝的恐惧？那是我们最后一次相见，每每想到这个情景，我都感到有些愧疚。

40岁之后，家族里的老人和不太老的人，渐次凋零，出入殡仪馆、墓园便逐渐频繁了起来，我不再需要任何心理建设。我和其他人一样，平静地在告别厅外等候，在告别仪式中落泪，在仪式之后的酒席上谈笑如常。

外公走的时候94岁，无疾而终是喜丧。来送别的人因此也并不特别悲伤。可是，在小舅给外公的棺椁钉上钉子的那一刻，那锤子一下又一下地击打，仿佛每一下都锤进了外公的身体里，我觉得他会疼，于是大放悲声。

之前和表姐妹闲谈时我曾经说过："外公倒还好，如果是外婆死了我肯定伤心得不行了。"外婆在外公走后的第8年也去世了，享年100岁，是家族中迄今为止最长寿的。我曾经无数次想象过在外婆的葬礼上，我会如何撕心裂肺，肝肠寸断。可上天安排的剧本往往超越人类的最大想象。

2023年，为了尽可能减少人员聚集，殡仪馆把告别仪式简化到10分钟，参加的亲属不得超过10人。

外婆被推出来的时候，她躺在一只黄色的袋子里，袋子搁在一张很窄的手术床上，袋子的一头挂了一张标签。不用看我就知道标签上面写着什么，等一下他们就会把袋子的拉链拉上，将外婆整个闷在里面。标签就是一个记号，让后面的工序不要因为看不见人脸而搞错罢了。

黄色袋子里，外婆穿着日常的酱色羽绒服。这不是她喜欢的衣服。她喜欢素净的颜色。我小时候的夏季里，外婆总是穿一件鸭蛋青的青果领衬衣。后来年纪大了，自己不会买东西了，外婆穿什么就任凭女儿、儿媳们做主。为了简便省事，她们总是给她挑选深色的、穿脱方便的衣物。我知道她不喜欢，于是逢年过节会送去真丝的、羊绒的衣物，颜色都是白色底、素色花纹的。

外婆有一张黑白的全身照，是在王开照相馆照的。照片上的外婆30岁左右的年纪，穿着一袭海虎绒的大衣，长及脚踝。两手拢在同样材质的袖筒里，收拢在上腹部的位置，头发梳成20世纪30年代特有的样式，和电影里的摩登女性一模一样。外公一度颇有家资，外婆是有过一段物质丰裕的日子的。她对服饰的审美和我母亲、我姨完全不同，反而和我相近。她虽然从来不评论晚辈的衣着打扮，但看到她喜欢的样式还是会赞美几句。

在最后的那几年里，外婆最喜欢穿的是我买的一件月白色底墨色花朵的桑蚕丝上衣，丝绸柔美华贵的光泽衬得人的脸色也亮起来。中秋过后，节日越来越多，外婆知道晚辈这个时节来探望得最勤。每次去，我看到她都是穿这件。到了春节则换成另一件我买的羊绒大开衫——白色底、红黑织花的大条纹。舅妈会再给她配上一条大红的围巾，看上去喜庆、健朗。

我看着外婆身上的酱紫色羽绒服，知道她不喜欢。那些质地好的衣物，都让小姨带走了，整整两大包。我很难过。

告别匆匆，没有仪式，见一面就被推走了。我心里预演过多次的哀痛，根本来不及展开。

一年后，我们开车到外公外婆的老家。他们的骨灰存放在这里。小姨也跟着来了，头发蓬乱，脸色憔悴，步履缓慢，看着比她的姐姐苍老许多。此前我一直不想见到小姨，我猜她拿走的那两大包衣物里，一定有外婆喜欢的那件。我生怕看到她穿着那件衣服，我生怕自己看到这样的情景会愤怒到当场发飙。这次见她，也已经是垂暮之人了。骨肉至亲，还能有几次相见？我不怪她了。

这个5月也不只有送别，还有归来。在美国居住多年的堂侄带着妻子和4岁的女儿回到上海，稍作停留。于是家中亲眷悉数赶到饭店聚会。这难得一遇的久别重逢，是一定要留个纪念的。我于是为这顿饭拍摄了一条短视频。餐毕，所有人一起拍了一张大合照。上一次这样规模的合照，还是36年前在父亲的故乡绍兴台门的房顶上。有些人如今已经不在了。

父亲对这张大合照感到非常满意。他从合照中裁出自己的影像，裁剪成证件照大小，用微信发给我，嘱咐我保留好。我知道这是他给自己挑选的遗像——照片上的老头儿头发稀疏，额头光亮饱满，两颊酡红，笑容灿烂，有一种满足的开心，是聚会后和大家道别的样子。一生的旅程，有磨难无困苦，就此别过，心满意足。

40岁以后的日子，开始经历一场又一场送别。死亡于我不再是一件可怕的事情，慢慢变成了一件无比自然的事情。

后记
一次精神世界的重建

我原本完全没有想过自己可以写书的，然而一旦动笔，发现自己根本停不下来。

我对写作的兴趣源于儿时的一篇习作。老师出的题目是描写一种动物，我写的是家里的一缸红高头小金鱼。老师当堂朗读我的作文，让全班同学当作范文来学习，我的父母也对这篇习作赞不绝口，很多年之后还时常提起。写的什么内容我现在已经完全记不得了，只记得我从此对写作文这件事十分自信，对语文老师也格外喜欢。

我一度以为自己会从事记者之类和文字强相关的工作，可最终还是为“对外开放”的时代大潮所裹挟，进入了外贸行业，之后又转战跨国公司。30年高强度、快速度的工作，要求表达简练、明确、客观，我们经常会挑战只用一页PPT就将整个事情的来龙去脉讲述清楚，麦肯锡创造的“30秒电梯沟通”法则，更是要求直奔主题，忽略细枝末节，只讲重点。多年前有朋友问我是否考虑写本书，我笑答：“我靠码字挣不到钱，因为我写的东西字数太少了。”

尽管如此，我的第一本书《赢在采购——创新思维和职业成长》还是诞生了，全书10万余字，都是“干货”，鲜有不必要的字句。这是一本餐饮供应链方面的专业书，我写起来行云流水般自然，一气呵成，毫不费力。

承蒙邀约，编辑老师希望我可以谈一下女性成长的课题。我原本以为浅谈一下大半生的所思所感应该是件轻松的事情，相比专业类的书籍，严谨方面的要求没那么高，于是欣然答应下来。没想到的是，这本书的写作过程，对于我来说有点儿不容易。

我这少有波折的大半生缺乏跌宕起伏、动人心魄的故事情节，只有成长路上的小小波澜、点滴感受。一个平常人平淡的大半生，有什么是值得读者看的呢？

我的忘年交韦娜是一名“温暖系作家”。她问了我几个问题：“你最想分享给年轻女性的人生经验是什么？你觉得真诚的品格重要吗？你的女儿如果选择不婚，你会反对吗？”

我一时间给不出答案，只好认真思考。这些问题犹如人生试卷的考题，背后是一个人的世界观和价值观。显然这些问题是没有标准答案的，比起专业类课题的客观和准确，这些问题没有对错，但有高尚卑劣、价值高低之分。

我不想扮演高尚，但也绝不能卑劣。我希望所有的分享可以给人正面积极的影响，又担心个人浅薄的认知会误导晚辈后生。在回答这些问题的时候，我一度务求逻辑严谨、用词精确。草稿完成后，看起来像是长篇的时论文章。

我很喜欢其中一节——“人生不只有送别，还有归来”。之所以喜欢，是因为我在写作的时候付出了很深感情，我能感受到自己情绪的涌动，写到个别字句会热泪盈眶。

心理学上有一个名称叫作“橡皮人”，是指那些缺乏情绪感知能力、感受力薄弱的人。心理学课堂上同学做过一个练习：一位同学故意推搡另一位同学，90秒之后请被推搡的同学说一下自己的感受。最初大家说出来的是“感觉他很粗鲁”“感觉站不稳”……这些都不是感受。在老师引导之下，同学逐渐表达出了感觉害怕、感觉愤怒等情绪，这才是感受。

女性在职场上常常会被告诫“不要情绪化”，我觉得这可能是女性职业经理人最想避免的评价，一旦被指责情绪化就几乎等同于失智。于是我们逐步学会深呼吸、紧握拳，压抑情绪，保持冷静，尽量用理性面对一切事情，慢慢地生出一层铠甲，隔离了对情绪和情感的感知。

当一个人作为“工具”的时候，没有感情是有利于功能的发挥的，但同时，缺少情绪的感知力也失去了作为人的完整性，缺乏放松的能力，也阻碍了创造性功能的发挥。

我十分庆幸在人生最饱满的年纪可以重新开始书写，调动起感性的一面，做回一个情感丰沛、身段柔软的人。这本书的写作给了我一个极其重要的契机，你可以发现我在本书中的叙述放弃了对正确和精准的追求，只专注于坦诚地暴露自己的真实感受和深刻反思，不必做个“对”的人，但一定要做个“真”的人，敲开外壳，不害怕袒露内心的脆弱，唯有这样真诚的分享才具备超越理性的价值。

如果要说我个人最鲜明的特点，我想应该是赤子之心吧！我的内心简单而透明，对人对事始终保持热情和善意，遭遇过恶意仍未失去赤诚，看到超越认知范畴的事都觉得是有意思的。我觉得自己是明媚的，像一道光。这么说自己，可能有点儿厚脸皮了。

人能够保持天真是无比幸运的事情。我的这份天真大约遗传于我爸。父亲是家中幺儿，虽然家庭不富裕，但由于年纪小，总能在物质上得到一些偏爱。父亲幼年居住杭州，读书后来到上海。17岁时考上了华东理工大学的预科班（类似高中直升大学的班级）。可是他为了减轻家庭经济负担，放弃了学业，跑去当了铁道兵，经历了难以想象的极为艰苦的体力劳动。复员后在一家大国企工作了一辈子，直到退休。

父亲今年82岁，依然喜欢出门旅游，常因为旅行社不接纳80岁以上的老人而苦恼。父亲每天到公园舞剑，打太极拳，回家画画，经营自己的视频号。父亲属猴，他的微信头像是六小龄童扮演的孙悟空，齐天大圣的神通和侠肝义胆是他所羡慕的，他一直希望自己可以有武功，以便路见不平拔刀相助。

我觉得他始终保持着孩子般的好奇心，热爱人间的一切，探索未知的领域。这种天真并非不通人情世故，退休之后他就逐渐放弃对家里的大小事务的决策权，任凭其他人做主。有时发表一下意见，不被采纳也不生气，依旧乐呵呵地当个“老儿童”。

父亲一生吃的苦、受到的不公比我多得多。可见人的心地纯真也并非一定要靠优越的环境造就，不贪婪则少恐惧，不恐惧人就舒展了。

因为想要的不多，所以我对过去的大半辈子还是十分满意的。虽然没有达成的愿望还很多。我希望自己能够有海外留学和工作的经历，但是不曾有过。我希望自己能够创立一家企业，这家企业可以提供员工免费午餐和高端医疗保险，但是尚未有成功的苗头。我希望能带

父母享受一趟20天的长途旅行，但好像总是没有大家都满意的路线。这些愿望中，如果前两项这辈子都无法实现，仍旧不会减少我对人生的满意程度。唯有和父母的一次长途旅行，如果没有发生，会令我感到遗憾。

我的人生已经有了两个无法弥补的遗憾，一是没有去回应大伯母想要的握手；二是没有让外婆走时穿上她喜欢的衣服。

人生在世三件事——名、利、情。到了最后，不能释怀的终究只剩下一个“情”字，那些对他人和对自己的情感上的亏欠。

明明是想要写一本书来分享成长心得，却意料之外地先收获了职场不曾学到的人生感悟。感谢这妙不可言的人生际遇。

写作于我而言是一次次的清空和重建。我没有设想过要写多少本书，数量不应该是衡量内容的标准。我相信写作是一个从积累到满溢，再到自然流淌的过程。内心丰富之后的自然外溢，才是真实的、动人的。我没有想过会写到何时，现在的感觉是，我可能会越写越多。“书是人类知识的结晶”，这句老掉牙的名人名言从小

学开始就挂在教室的墙上。当时不以为意，现在想想，觉得无比贴切，我找不到比这更贴切的句子去形容书籍了。

用一本书去做分享，有时候会掏空你的所有，于是你不得不重新学习，再来一次。

我很荣幸能和有缘打开这本书的你，握手，前行。